夏季雪

Summer Snow

: New Poems

Robert Hass
羅伯特・哈斯——著
陳柏煜——譯

給 布蘭達

目次

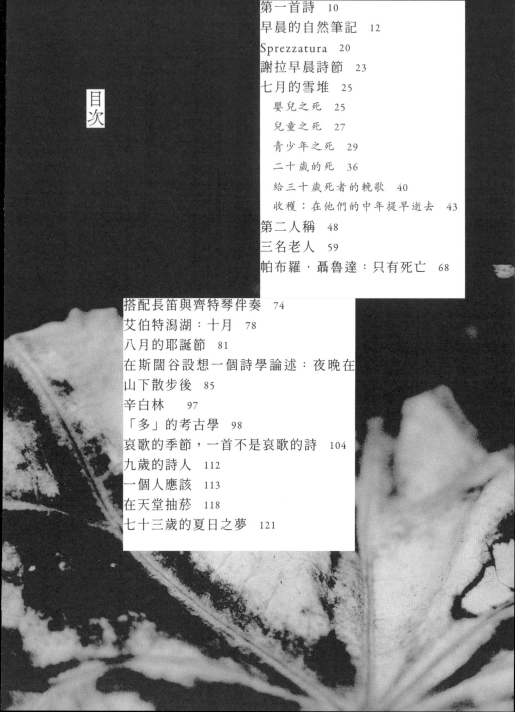

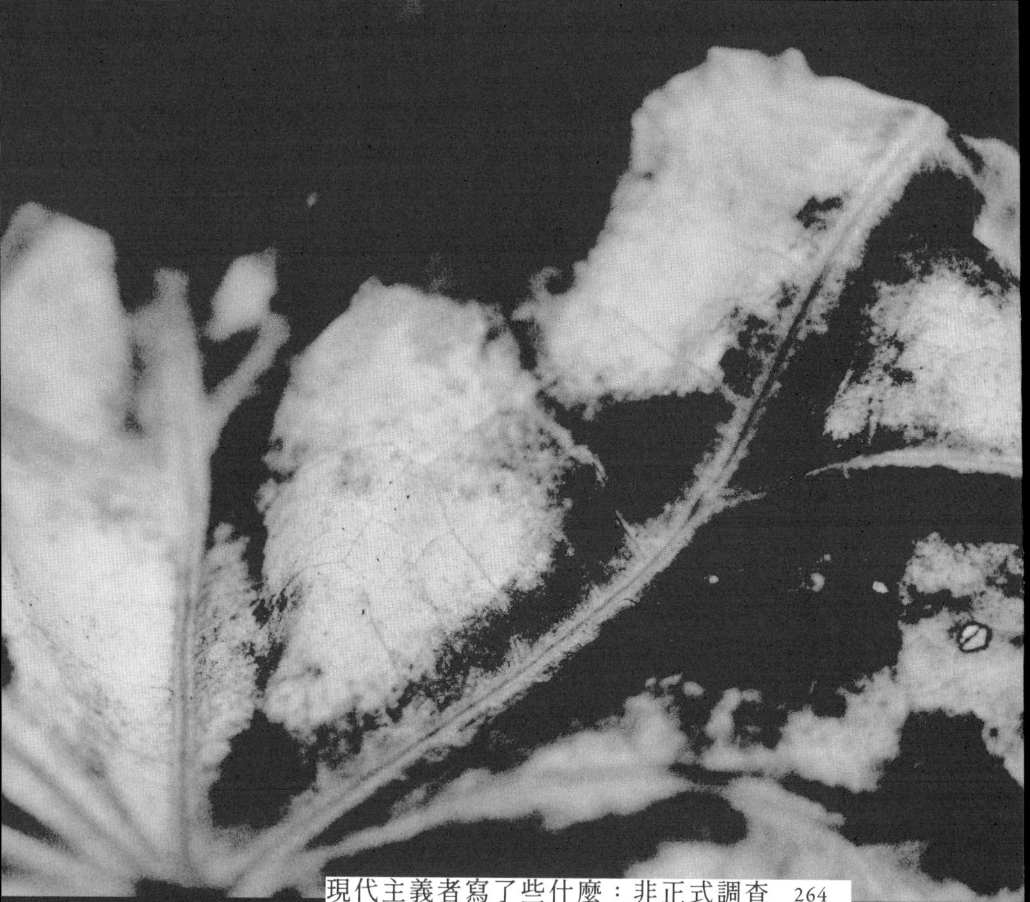

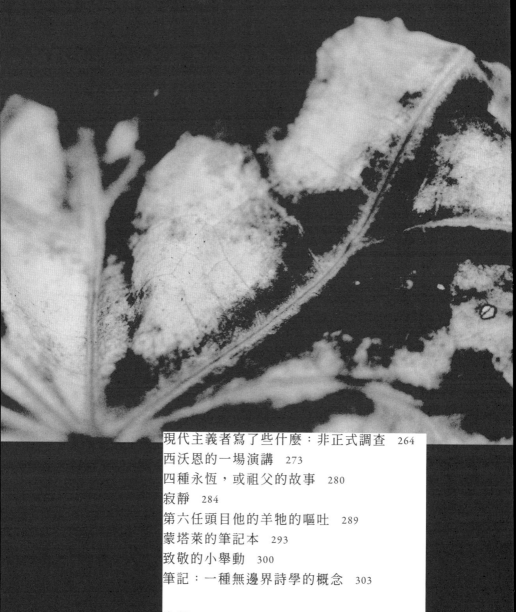

第一首詩

在夢中，他是一隻老鷹，鳥喙上有血。
在夢中，他是一隻老鷹。

在夢中，他是一名女人，光溜溜，激情後的懶散，一道精液的反光在她的陰唇上。
在夢中，他是一名女人。

（他能同時是女人且看見夢裡黏稠的液體。）

在夢中，他是自藍石中脫胎、一隻土耳其綠的鳥，人們將藍石從地下挖出，相信它是洪荒世界破碎的天空。
在夢中，他是一隻土耳其綠的鳥。

在夢中，他的腳發疼，仍有很長的路要走，蜥蜴在塵埃中小跑步。
在夢中，他的腳發疼。

在夢中，他是一名老人，他的女人不在了，女人總早起替他煮壺咖啡，切一點香瓜給蜥蜴，將牠們放到花園牆邊的硬土地上。

在夢中，他是一名老人。

蜥蜴等待時冷靜的嘴巴，牠們是塵土的顏色，意味著每一個生物在世上都是單數且孤獨的。

在夢中，電梯裡的女人取出她的眼。

那是夢中的月亮。

在夢中，傳來一聲敲門聲，那是一整隊乞討的孩子而他假裝被激怒地說：「你！你給我滾！今天不是你們的幸運日。星期二才是。」孩子們笑成一團，他們有很棒的幽默感。

在夢中，星期二是他們的幸運日。

早晨的自然筆記

颳了幾天的風，
沒風了。
白楊的葉子靜止。
榿木與三角葉楊的葉子
冷，發抖了幾天
靜止了。

•

東邊的樹林
描上了光。
昨晚一座海岸杉林
在西邊發亮。
日子之間有某種對稱性
因為它們都站得直直的。

只是分配理論：
光。

：

我能從昨天知道什麼？
小徑上龍膽藍色的鐘形花。
天蛾在岩屑上群起飛舞。

放兩滴紫羅蘭色
到天空的池中：
龍膽的花瓣。

•

光打亮的葉子
山，石頭的那面熠熠發光。

•

僅止於一個瞬間，昨天
唐納雀黃色的胸前。
像一份奢侈的禮物。

我記下龍膽的位置：
小徑的轉彎處，上坡時在左邊。
下坡時在右邊，蕨類遮蓋它，
上方是香雪松，兩具

大花崗岩，雲母斑，回頭下山時
我還是找不到它。

伊藤若沖[1]塗上一層蛋黃
與蛋白在他畫卷的背面
研磨牡蠣殼加入另一種塗料
加入胭脂，為了他畫在軟絲綢上
公雞的冠。

自歐洲走私普魯士藍
（當時幕府施行封港政策）
為了畫光照在梅花上的樣子。

•

恰如其分的明度：

一個禁用普魯士藍的國家。

•

未來王國的禁色列表：

（在此列表）

（綠土[2]，茜草紅）

•

唇：胭脂紅。

最後一抹夕陽：茜草紅。

老藝術史學家。我打算繼續談
塞尚而他帶我到工作室
取下四管明暗相異的綠
要我拿著筆刷站到畫架前
他說：「現在，把它們塗到紙上
作出些小長方形如此它們閃爍，
在你能做到之前，看在朋友
的分上，閉嘴別談塞尚。」

那樣——是怎樣？——四十年前。
亨利．薛佛—席莫[3]教授

受包浩斯訓練。一九三九年逃離納粹。
他穿格子襯衫打蝴蝶領結，寫些關於感知的文章。
大個子，精力充沛。
他一定過世很久了。

•

謝拉[4]的早晨。
燦爛陽光。沒有風
因此三角葉楊中的那陣騷動
一定是隻小鳥。

1 伊藤若沖，近代日本畫家，江戶時代中期在京都活躍的畫師。

2 Terre Verte，自中世紀至文藝復興廣泛運用於繪畫中膚色的打底。

3 Henry Schaefer-Simmern（1896-1978），藝術教育家與研究者。

4 Sierra，美國加州東部的一個郡，郡名是西語「山脈」的意思，指內華達山脈。

Sprezzatura[1]

埃烏傑尼奧·蒙塔萊[2]問我，美國是否有個字能
對應 *Sprezzatura*，特別是在詩歌領域。
In rispetto di poesia，他說。我回答，有！在美國
我們會用「麋鹿[3]」，然後提了幾個詩人，
法蘭克·奧哈拉是其中之一，在「麋鹿」方面
（談到我們那類的作品）他們算滿有名的。
他好奇，是否也有個美式的表達
能傳遞「埃烏傑尼奧·蒙塔萊」的總體概念，
而我說，有！我們叫它「喬治·塞菲里斯[4]」，我也注意到——
我有意炫耀，但你又有多少機會
和蒙塔萊聊上幾句呢——就我看，塞菲里斯的散文
特別是他在戰爭最後幾年的日記
以及從戰後的毀壞逐漸振作，
甚至比他的詩作更偉大，然而他最好的詩
會放出純粹的光，就像史基歐斯[5]港邊

懸崖上，那些白牆閃耀的光
能使眼睛發疼。他有禮地側著頭
詢問對美國人來說聖母崇拜
是否算是習俗。我說是的
在中西部的城市、也許某些小鎮中
特別明顯，那些母親們，孩子生著重病，
會在祭壇前堆放大量鮮花，而他點頭
說，在義大利的一些城市裡也是如此。
她們會點蠟燭嗎？他問。而我說，對！蠟燭。

1 義大利詞彙，指「深思熟慮過的隨興」。

2 Eugenio Montale（1896-1981），義大利詩人、散文家、翻譯家，一九七五年諾貝爾文學獎得主。

3 原文 Moose，直譯為「麋鹿」。

4 George Seferis（1900-1971），希臘詩人，一九六三年獲諾貝爾文學獎。

5 Skios，地名，希臘文 Σκιος 直譯為「陰影」。

謝拉早晨詩節

尋找野花：以深根適應
旱地，亂糟糟的蓍草
與偏愛廢棄地的柳蘭。

遍地皆是。一枝鮮白的蓍草，
而柳蘭豔麗的洋紅，是一些女人
夏夜會想塗上的唇色。

河水清澈流過河石
轉折處因沙洲生成許多細支流
一對鴿子白的鶺鳥在捕魚。

你不可能買到天空的藍。
在撒馬爾罕的絲綢市場不能。從西安
至威尼斯之間，任何一個市場都不能。

但這不代表它不存在。
說到底，這不就是詩的追求，
因此在一夜細聽之後，不情願地

暗想，你可以找個早市
悠閒地散步，喝茶
去看一眼那截毫無瑕疵的天空藍。

七月的雪堆

六月，不合時令的低溫持續了幾週，太浩山[1]下了好幾天的雪，因此七月四號國慶假期，城裡的人仍開車上山滑雪。十天後，松樹的枝頭長出霓虹綠的新芽，看起來像著火一般。特拉基河[2]沿岸，野花仍保有初春新生的風貌，彷彿它們對強行鑽出死土的自己感到十分驚訝似的。進入山谷，野草、野花與樹攀上群山直至林線，像一支年輕的交響樂團演奏高音。壯偉群峰間，岩石裸露，鞍部上白雪堆在陽光裡發亮，解開了我。如果這個詞夠準確的話。解開。喚醒。生命勃發直衝山巔向死亡奔去。前一夜我讀著一本十七世紀英國詩選。

嬰兒之死

別讓浸灌渴欲的牛奶泉
使你裹足不前；
那不停呼喚你的地方，最起碼

一路滿溢奶水。

——理查·克拉蕭[3]

人們彷彿不該談起它
他們不曾經歷，身為父母所受的衝擊。
來不及告訴他們，生命就像呼吸般短暫，
如此美好，生命如此不公平[4]。
太早就確定，不再聽見
牆的另一邊傳來入睡前的哭聲，太快
在深深哀悼中學會一支搖籃曲。
乖啊乖，才開始。睡一下。睡吧。

兒童之死

輕輕蓋上，溫柔的土地！
——班・強生

他是個嚴肅而纖細的男孩。
他父親是物理學家，那天
在拉霍亞海灘上我看著他，就明白
他手裡的貝殼對他來說
可不是玩具。他已經學會注視事物。
也學會認真嚴肅地處理訊息。
因此他仔細地研究它並向我解釋
那曲面上連續的脊紋
代表它成長的階段，那是碳酸鈣
的某某型態，以及演化

是如何進展至無脊椎生物。
他會將一縷金髮從眼前
向後一掠然後抬眼看看我是否有跟上他。
心臟上的洞並不要命；
要命的是這項缺陷使他的肺
過度的勞動。浪打破
光裡的虹，敏捷的小彩虹
在沙灘上一路延伸直至目力所及的遠方。
他以前一定是個非常專注的傾聽者。
這對我來說似乎代表，他總是被深深疼愛，
想成為像他父親一樣的人，這就是為什麼
向隨便一個大人講述已知的一切
對他來說是如此津津有味。

青少年之死

我們應使新的陰影別開生面。
——約翰·道恩

某個星期二上午，很早，湖邊的草坪上
週日婚禮留下了紅色與白色的玫瑰花瓣
散落的靜物。綠湖上
風的緩漣漪。山楊綠葉的急漣漪。
夏天裡，有任何不能代表他們的東西嗎？
昆蟲滑行水的表面張力。
他們的腳在玻璃上畫小小的圈。
雀躍，暗淡的食蟲鳥
棲在一大塊
灰花崗岩——也就是人們

稱之為冰川漂礫的那種——
湖面的反光將之向太陽複誦為
一片溫暖的陰影，淡棕色，接近赭色。
那個年輕人在我的課堂總坐在
相同的位置，中間高度，直到某一天
他不在那兒。那時已接近學期尾聲。
（他的父母寫信詢問，是否能看看他的期末報告。
我在高高一疊尚未閱讀的學生作業間
找到它——討論狄金生作品中
死者說話的聲音。）他們會賦形於任何東西嗎？
池邊濃密群集的昆蟲
使棲息的鳥如此雀躍——某個活過
三十、研究昆蟲學的她
觀察到，他們之所以如此群集——那些雄性——
因為對於想要找伴的雌性，這很有效率

「全體」[5]更容易被注意，而至少就這一方面還
挺像高中學生的。女孩為肥胖而死，
為小胸部、粗腿
與青春痘而死。男孩為口吃而死，為想像中的自己
與想像別人眼中的自己
兩者間的落差而死。他們是那些揹著書包
一早就滿臉陰沉的孩子，好像爸媽
派他們來兜售受損商品似的。那個死去的男孩
他的室友偷拍他與另一個男孩做愛
並將影片上傳，因此
每個他認識的人都在腦中聚集起來咯咯笑
當他們看見他走來就大聲叫哦！哦！哦！
如何不為仍存在於我們之間的他們
祈禱？像舌上的鹽，街上用過的
糖果紙。夏天的白蠟燭，秋天則是

南瓜色的。熄滅，熄滅，短——[6]。洗衣機裡翻攪著
起白霧的窗。那是他們嗎？高速公路上
所有的直路，山路上所有長而緩的
彎。當你關掉老收音機
管中逐漸消失的紅光。過氣喜劇演員錄下的口白
發出尖細的聲音。「欸，莫利
為什麼你不搭電梯呢？標誌叫你這麼做，」
觀眾（一九三三嗎？一九三八）早已笑成一團。
新網球鞋。舊網球鞋。亞瑟·阿克賽爾羅，
你是長久定居的榆樹
古老、高大的哥德式拱門（當時榆樹病尚未席捲
水牛城的老牌好社區）你是榆樹病帶原孢子裡
活躍的細菌青年交響樂團，
奧爾布賴特—諾克斯美術館，抽象表現主義展室中
那幅巨大的莫里斯·路易斯[7]，顏色消融的畫布。

我的第一份工作。英文系位於一間匡西特鐵皮屋[8]
系上有許多詩人。說來肯定有數十名詩人，肯定有個
早熟的高中男孩放學後就跑來走廊晃蕩。我曾經模仿
克力里[9]的寫法，他會說。巴茲爾．邦廷[10]從史卡拉第[11]那裡
學會格律，他會說。臉色粉紅的男孩，胖嘟嘟
似乎有輕微的睪固酮缺乏。我無法完成
我的奧爾松哀歌，他說。他的同學們
不知道（人們笑著說）該怎麼
理解他。冬天能代表他們，春天，當然也行。
甚至秋天中某些騷亂的、不情願的、
溫柔的變化階段也可以。不能代表他們的是
老的、磨平的、用光的。儘管老
而技巧熟練（那技巧幾乎是無意識吸收到的
因此他們的愉悅也幾乎是無意識的）
或許才是能好好注視他們的位置。不是以那個

年輕演員的觀點（他的經紀人在訪問前打來
提醒他別梳頭）。老演員清晨出門
身穿格子襯衫、花呢帽、蝴蝶結
去錄保險公司的廣告。
是在他的洗牙約診之前，與他的繼女午餐
試圖釐清電話中的誤會之前，抵達劇院
做伸展、吞個菱形小喉片之前，
在他開始化妝前，而妝容將在約五小時後
順著大汗流下，當他卯起來上場
吼著：「不再、不再、不再、不再、不再！[12]」

1 Tahoe Sierra。

2 Truckee River。

3 Richard Crashaw（1612-1949），英國詩人。

4 fair（美好）與 unfair（不公平）有音韻的關係。

5 「全體」，en masse。

6 「熄滅，熄滅，短促的燭光！」出於《馬克白》。

7 Morris Louis（1912-1962），美國畫家，色域繪畫的代表人物。

8 Quonset hut，瓦楞鐵頂的半桶形活動房屋。

9 Robert Creeley（1926-2005），美國詩人。

10 Basil Bunting（1900-1985），英國現代主義詩人。

11 Domenico Scarlatti（1685-1757），義大利作曲家、演奏家。

12 《李爾王》著名獨白。

二十歲的死

雙眼、雙手與雙腳，就像我的一樣
——托馬斯·特拉赫恩

喬是我遇過第一個致力耕耘無聊懶散
並將之視為高等智慧標誌的人，就像
我在英國小說裡讀到的人物。他俊美、聰明
喜愛男色，這點你一認識他就知道了，而當時
一般來說，你不會一認識人就知道這種事情。
他的祖父據說在辛辛那提有幾座工廠
而我漸漸混熟的那幫紐約客不時調侃他
在加州卻自稱「東部人」，
作風尖酸直率的他彷彿要以
胡謅身世與平庸的中西部劃清界線。
我們說他很有錢。「有信託基金，不是有錢，」他說，

「這代表我會成為另一個古典學科的助理教授
用的東西只比所有人稍好一丁點。」
令人印象深刻的是，當我們多數人
煩惱著如何在研究所存活或
研究所適不適合自己，若不，該怎麼辦，喬早就
設定了一個，對他似乎只能算是次等的成功，
以當時來說，夠怪了，像那些他輕易
駕馭的衣服，讓他在我們眼裡有種銀閃閃的美
而他自殺前留下的字條更強化了這點。
「星期二，多雲。似乎有什麼事要做。」
二十幾歲時，一個朋友就是一個世界，一種說話
或穿衣風格，一種社會階級或族群特徵，一種走路
或思考方式，如果它閃閃發光，就擁有近乎色情的吸引力，
也因為在這個年紀，財富、美貌、腦袋、
暴力，或帶著一種特殊的光采搖晃某人的肩膀

看起來就像是光采了。如果你要離開從小長大的世界，
如果遇上了，多數那個年齡的美國人都會遇上，
某種東西，存在於他人的愛欲中，給了欲望者
與愛慕者另一雙眼睛，使世界變得更世故
在我們對各種型態的魅力，最飢不擇食
的時候。也因此，說起來同樣令人害怕，當我們
失去身邊那些死於二十幾歲的人時
——我指的不是手足、情人——或雙親——
我們失去的世界並不會失去它所發出的光澤。死亡甚至
（因為它很恐怖）嘗起來並不恐怖。因為
初嘗大人的悲傷讓我們感覺長大。他的身體
（當他們找到它）被運送回家。我們在派對上遇見彼此
談起他，首先沉默地交換眼神像是無聲地
對彼此說——所以這就是死囉，貨真價實的死，
從現在開始不管我們待在怎樣的世界都不再

只是捏造的了。沒有人和他熟到知道
是什麼把他傷得跟太平洋一樣深。現在想起來
他的死或許是因為在錯誤的年代，身為同性戀。
然後我想，他的死有種特殊魅力，
即使那魅力是絕望，他或許曾喜歡上
也可能想像過，而那都不是他應該經歷的。

給三十歲死者的輓歌

如果一生是一天，那麼三十三歲——
一道綠風在湖上，
那是夏日在湖上——

接近沒有陰影的正午。
一道綠風在湖上，
那是夏日在湖上。

法蘭克·奧哈拉[1]，查理·帕克[2]，
那是夏日在湖上。
一道綠風在湖上。

希薇亞·普拉斯[3]，阿蒂爾·蘭波[4]，
一道綠風在湖上。
那是夏日在湖上。

我們親愛的彼得，三十六歲。
那是夏日在湖上。
一道綠風在湖上。

他的妻子懷孕七個月了。
那是夏日在湖上。
一道綠風在湖上。

他當時正跑著「半馬」。
一道綠風在湖上。
那是夏日在湖上。

我們向他的墳擲白玫瑰。
一道綠風在湖上。
那是夏日在湖上。
那是夏日在湖上。

1 Frank O'Hara（1926-1966），美國詩人。

2 Charlie Parker（1920-1955），美國爵士樂手，外號「大鳥」。

3 Sylvia Plath（1932-1963），美國詩人。

4 Arthur Rimbaud（1854-1891），法國詩人。

收穫：
在他們的中年提早逝去

如一道閃電或一把細蠟燭的光
——約翰·道恩

現在，一個感官錯覺解除了：
你聽見的不是謝拉的瀑布。
它聽起來像瀑布。大阪的農民
在田裡收割大麥。聽那節奏。
你幾乎能感受到那悶熱，那
酸，令人頭暈，空氣中割草的氣味。
拍手聲是領班在保持工作
節奏。珍·肯揚[1]，四十七歲，癌症。
賴瑞·李維絲[2]，四十九歲，心臟病。瑞蒙·卡佛*[3]
遇見泰斯[4]，戒除了差點害死他的
酒癮，五十五歲，死於癌症。

邋遢隨興的比爾[5]，
五十五歲，心臟病。他正為一場歌劇盛裝打扮。
突然間他們變成了他們
打算完成的作品。那個路過
大阪田野的男人是與謝蕪村[6]
想著他死去的師父芭蕉[7]，想著他大阪的童年，
農夫們率先耕植大麥。那是初夏的作物。就像
渴與飢餓，成堆的大麥稈散發草的甜味
在他身體裡攪拌，因此當一個被擔架扛著的病人
經過，他想起他的大師，仙逝已過
百年，教導他簡潔、暗示
與精確的藝術，
享年五十五歲，他想
寫：一病人經過——五個音節——
躺在轎子裡；夏天——七個音節——然後

來個日本詩歌會用的暴力跨句——是
麥的秋天。英國人羅納德．布萊特
二戰時被日本人拘留
以翻譯古詩自娛
包含芭蕉的臨終詩——旅途中病了
我的夢在枯野上徘徊——以及蕪村的詩
我喜歡想像他當時正在讀惠特曼
讀到《自我之歌》中
惠特曼描寫百老匯行人如
串聯的小瀑布，注意到轎車的窗簾掀起——病人
在裡面，被抬去醫院接著
由詩句上下文得知背景是戰爭，
救護車緩緩駛過，沿途滴下
紅色的痕跡然後，因為他是英國人
在廢棄大使館的圖書館中

找到一本詩集，讀了才想起
他早就讀過了，如人們說的，背得滾瓜爛熟，
當丁尼生在達比郡散步時，那些句子
像一陣詞語的音樂，來到詩人面前：只有，他寫道，收割人
在芒鬍鬚的大麥間早起收割[8]。

1 Jane Kenyon（1947-1995），美國詩人。

2 Larry Levis（1946-1996），美國詩人。

3 Raymond Carver（1938-1988），美國詩人、小說家。

4 Tess Gallagher（1943-），美國詩人，卡佛的第二任妻子。

5 William Matthews（1942-1997），美國詩人、散文家。

6 與謝蕪村（1716-1784），日本江戶時代中期的俳人、畫家。

7 松尾芭蕉（1644-1694），日本江戶時代前期的俳人，被譽為「俳聖」。

8 「Only reapers, reaping early. In among the bearded barley.」

第二人稱

那年夏天，你的朋友於前一年十一月，在後院花園舉槍自盡——那是感恩節隔天的早晨——

也是另一名朋友癌症驟逝後的夏天，他是個散文作家——與第四任妻子定居義大利，

經過漫長的努力奮鬥突然站上了他那一文類的頂峰，你擱下寫到一半，在這個朋友的追悼會上要朗讀的悼詞

為了到醫院探視那個朋友，而他很明顯地（家人圍繞他。

他的妻子，來自兩段婚姻的孩子。）正被癌症解決掉，此一事實他似乎以微苦的透澈、甚至輕蔑看待。

他有預見最糟狀況的天賦，而現在就是了。他將丟下一名美麗的女人與

一本未完成的書

與——他們住在義大利——翁布里亞暮色中銀綠的麥田。他喜歡咖啡

過分講究沖泡過程，喜歡義大利皮鞋出色的光澤。

你最後還是寫完了簡短的紀念悼詞，朗讀它，與一整屋子的悼亡者一同

哀悼，大部分是她的朋友，

大部分是中年與中老年，因此漸漸開始習慣愈趨頻繁的追悼場合，

而對你而言這經驗也還算新鮮——不是說死亡——某種幽微，不是說那

天本身幽微而是，追悼場合的幽微加速，

你感覺死亡就在一間木板房裡，坐擁優雅、裝飾美麗的屋頂，眾作家與

作曲家的半身像，一排排書架，在那裡
你突然看見，死者沉睡著像童話中的公主，似乎會被注目的撫觸喚醒、
　開始說話，
你感覺死亡，就像一個陰鬱且有尊嚴的存在，某種權威的形象，精確來
　說並不大像禮儀師
更像聲名遠播的正規學校，一名備受尊敬的校長，甚至像貼身男侍，紳
　士中的紳士，
年紀長於你、智慧高於你、懂得全世界各形各色的禮儀，並養成習慣在
　人們身歷其境時
耐心靜候，之後你自己的人生，按照它的各種可能性繼續下去

你發現自己人在巴黎，奧德翁社區的某條小街道上，靠近醫學院與吵雜
　的深夜咖啡店與酒吧
（開給結束醫院工作的學生與實習生）因此你沒有睡好，乾脆起床完成
　答應要翻譯的聶魯達
〈船歌〉與〈只有死亡〉，在這首詩的最後幾行，死亡是名司令站在港
　口邊的山丘上
檢閱他的艦隊。而這也是為什麼你需要第二人稱單數，以形容那些早晨，
　沿四風街[1]散步至市長官邸咖啡館
走在路石全濕的夏日街道上，望進路過的窗玻璃，死亡在古船的蝕刻畫
　中、熱帶花朵

豔麗的凹版印刷中，去喝你的咖啡、去觀賞聖敘爾比斯教堂，一次一行
地讀聶魯達。你可能說過：「那年夏天，

前一年我的朋友舉槍自盡」或「那年夏天，前一年他的朋友舉槍自盡」，
但那些早晨，走在街道上的人是你

在幾個介係詞間猶豫了一下，夏日早晨空氣涼爽使你清醒過來

你研究著小市集裡成堆的水果與骨董店內，鍍金的第一帝國時期縫紉椅，

你流連於專賣人類學史料的商店，一張張單獨販售，或許是從書裡撕出
來的，關於婆羅洲的食人族

關於高領裸胸的努比亞皇后，因為你有種強烈的感覺：死亡正照看著這

一切

盧森堡公園，樹牆上小小的梨子包在紙裡，花街上的那幢房子（你不時
會經過）
葛楚．史坦[2]曾住過，寫下句子如「茶巾不是必要的」
路過聖敘爾比斯教堂廣場對面的小旅社，史坦安排來訪的桑頓．懷爾德[3]
在此下榻，此刻
一名年輕女子推來綠色的木推車高高堆起，白色與藍色的鳶尾花，單支
或包成花束販售——
不知道鳶尾花的什麼，讓你想將捆起來的它們形容為「柔韌」，彷彿它
們是長腿的少女，在一局

高爾夫或網球後一塊兒泡澡？你就在那種社區裡，短暫地驚嘆一日
能如此多變，上色如此多變，那女子在深棕色的摩洛哥老推車前，歷盡
　　滄桑的手，
不是某個綁辮子、戴時髦碼頭工人帽的索邦大學畢業生，她卸貨與堆起
　　花朵的動作就像個舞者，
而你手邊沒有西語辭典，因此當你完成晨間的工作，在西語的文本旁
速速記下：「它不間斷的紅色海水即將氾濫，它會帶著影子敲響，像死
　　亡般敲響。」
你會收拾書本，從瓦爾蒙街[4]走回四風街，然後走公主街[5]去村聲書店

你知道歐迪和米凱不會介意你上樓，去放外語辭典的小凹室
查查你用你粗略的西文譯為或假定為「不間斷」的那個字。你如此工作
　了數週
然後在散步時開始注意從郊區來的年輕人，馬丁尼克[6]、塞內加爾[7]、阿
　拉伯，或許，阿爾及利亞、突尼西亞，
以及打掃街道年輕的越南人，他身後的餐廳，招待富有的城市人與像你
　這樣的旅客，
專精法國鄉村佳餚，那些企業主的孩子再也不煮
加斯科涅、阿爾薩斯、朗格多克的家常菜，而你想起在你國家的黑人小

夥子

在火車站內的混戰遭警察射殺，在深夜被射殺，從便利商店回家的路上，
你忖度死亡穿著什麼制服什麼禮服，現身在巴黎郊區的母親們面前 當她
　　們的兒子方離開家門步入黑夜
因而感到有點反胃，死亡的禮數給人得體的感覺，或著如掠食者撲來，
　　分配它在世上的現身，不公階級
與階級之間，戰區與戰區之間，這裡野蠻，那裡溫柔，你彷彿再度被喚醒，
　　去面對如這城市一般
錯綜複雜的不公平，它的行政區，它的大街小巷，花園、拱廊，你於午
　　後時光穿梭其間

因此你更加期待那些與詩相處的早晨

每天查一些不同的字，一行一行地讀聶魯達——「帶著一種聲音，像夢
　　或樹枝或雨，」

「而大海巨大的翅膀會繞著你盤旋。」七月中旬前，天氣炎熱，你在城
　　裡散長長的步

並在八點前——你開始守時度日了——回到聖日耳曼德佩區，

你會坐在某個戶外座位而某個企業主會與你對坐，精緻的玻璃杯聲響，

一杯冰鎮的麗葉開胃酒，你會提醒自己，那個企業主不是死亡，

麗葉酒不是，隔壁桌點燒烤河魚的那對漂亮的夫妻也不是。

---

1 Rue des Quatre-Vents。
2 Gertrude Stein（1874-1946），美國作家，她設在花街二十七號的沙龍，是現代主義文學與現代藝術發展的重要據點。
3 Thornton Wilder（1897-1975），美國小說家、劇作家。
4 Rue Valmont。
5 Rue Princesse。
6 位於中美洲加勒比海，是法國的一個海外大區，首府法蘭西堡。
7 西非國家。

三名老人

1

午夜了！去睡覺！
它早上會來見你。
那會是一個開始，夏天的某個星期一。
早上有霧濛濛的太陽，風在樹林裡。
星期一是個臣民。早上的時候
見見它。

2

聖人星期一，一個薛爾福[1]老園丁
如此稱呼它。艾克先生。「為什麼是聖人星期一？」
我問。「因為它總是關照你，
不是嗎？如果星期天有了一點進度，
你就能以很棒的慢節奏開始。」

那聲音，穿過四十年
來到我面前。我的女兒
（現在成為了記憶領域的專家學者）
從前喜歡和他聊
植物的名字。「香芹，」
他會說。「亂長一通[2]。
我這輩子都在鋤掉它。
現在他們要我種。
他們覺得它看起來頗有鄉村味。」

3

而我記得那個老詩人的聲音，
當時我四十歲左右，沉溺於悲痛。

他一定也有七十了吧。他，聳聳肩
說：「你不能抹殺快樂
你深愛的人心中的，你自己心中的快樂。」
他說：「如何傷人，
就如何受傷。」停頓，興致盎然的樣子。「而，當然，
你愛與被愛的越多，
傷人越重、受傷越深。
你聽過人們說，『一便士是賭，
一鎊也是賭』[3]？」我在筆記本裡找到這個片段
想以它寫一首星期一的詩。

月亮的詩[4]。他是傷口壯麗
的那種詩人。
「我母親的胸脯滿布荊棘，
而父親我一個也沒有，」[5]他寫道。

與「夜晚像一顆柳橙釘在
我額頭上。」[6]他活到一百歲，
他生日的隔天我去拜訪，
我說：「史坦利，你一百歲了！」
而他說：「我可不推薦呀。」
他看著妻子死去，
因失智症胡言亂語，
照護的病房由餐廳騰出來，
那兒曾款待過我們，他自我陶醉地睜大雙眼，
從蒸氣蓋盤中舀出他的法式海鮮什錦，
三十年前一個節慶般的秋天夜晚

4

人們不會在一月的曼哈頓散步。

5

從史丹利家出來，我看著第五大道上
縮成一團抵禦寒冷的身體，
向風屈身，走向他們各自狂暴的目的地
然後我想起我以自己的飢餓傷害過的人
我想：「快樂？」我知道對史坦利來說
那是威廉·布萊克用的詞，關乎某個他與
自己訂立的契約關乎年輕的他要如何過他的人生。

我的女兒，在我孫子的畢業典禮上——
六月，中西部地區下午後半的悶熱
我們站在花園中
喝著名叫月黑風高[7]的雞尾酒

端詳著年輕好看的畢業生擁抱彼此——
他們前一晚已經飲酒作樂夠了
因此這個星期六也像某種聖人星期一
而我的女兒說：「爸，記得那個英國村子裡的
老園丁嗎，他叫什麼名字？」
而我微笑說：「艾克先生，」
而她微笑說：「對，沒錯。
艾克先生。」

6

每天一個月亮，每天一根火柴擦
亮。「天分是一回事，」
在我三十歲左右時，史坦利說。
他似乎認為我會因為出版第一本書

而感到有點嗨。
「你需要的是長程拉鋸的人格特質。
沒人期望你當個詩人。」

7

死的時候接近一百零一歲。
「我母親的胸脯滿布荊棘。」
他過了很棒的一生。
他的骨灰埋在鱈魚角
以鹽分空氣打造的花園。

8

星期二的孩子必須維持生計。

提爾的日子。戰爭之神，單手
搏鬥之神。充滿恩惠
或不。明天我打算
健行到瀑布那兒
聽聽它的聲響。

1 Shelford。

2 Grows like a billy-o。

3 類似「一不做，二不休」，做了就做到底。

4 Moon's day，因為上節提到星期一（Monday，源自古英文 Mōnandæg，意思是「月亮之日」）。

5 史坦利・庫尼茲（Stanley Kunitz, 1905-2006），〈乾裂的老曲調〉。

6 〈父與子〉。

7 Dark 'N' Stormy。

帕布羅·聶魯達：只有死亡[1]

墓園與墓園各自孤立，
墳墓填滿了無聲的骨頭，
心，走過一條隧道，
陰暗的，陰暗的，陰暗的：
我們死去，好像一艘船在體內下沉，
好像在心裡溺水，
好像從皮膚向靈魂無止盡地墜落。

屍體與屍體，
濕黏的石頭的腳，
死亡在骨頭裡，
像純粹的聲響，
沒有狗的狗吠聲，
自特定的鐘，特定的墓，冒出來，
在濕氣中膨脹如哀悼如雨。

獨自一人有時我看見
棺材揚帆前進
作為錨的是蒼白的死者，是女人與她們死去的辮子，
麵包師白如天使，
嫁給會計師的細心女孩們，
棺材爬著死者垂直的河，
瘀血色的河，
逆流而上，船帆被死亡的聲音鼓動，
被死亡靜寂的聲音鼓動。

死亡被聲音吸引，
像沒有腳的鞋子，像沒人穿的西裝，
被引去敲門，戒指沒有寶石沒有手指，
被引去喊叫，沒有嘴、舌頭與喉嚨。

毫無疑問，你能聽見死亡的腳步，
衣服簌簌響起，死亡像一棵樹般安靜。

我不知道，我不明白，我幾乎看不見，
但我相信死亡的歌是濕紫羅蘭的顏色，
十分適應土壤的紫羅蘭，
因為死亡的臉是綠色的，
死亡的凝視是綠色的
有著紫羅蘭葉子鋒利的濕度
與它嚴肅的顏色，冬季的不耐煩。

但死亡也在地表四處周遊，騎著掃帚
舔著地面，尋找死去的東西；
死亡在掃帚裡，
死亡的舌頭尋找死者，

死亡的針需要穿線。

死亡在床架裡：
在懶散的褥墊，在黑色的毛毯
死亡如一條晒衣繩伸展，然後突然地吹來，
黑暗的聲音吹來床單鼓脹
而床正航向港口
那兒死亡正等著，穿得像名司令。

1 此詩為哈斯翻譯聶魯達的〈只有死亡〉。中譯以哈斯的英譯為主要考量。

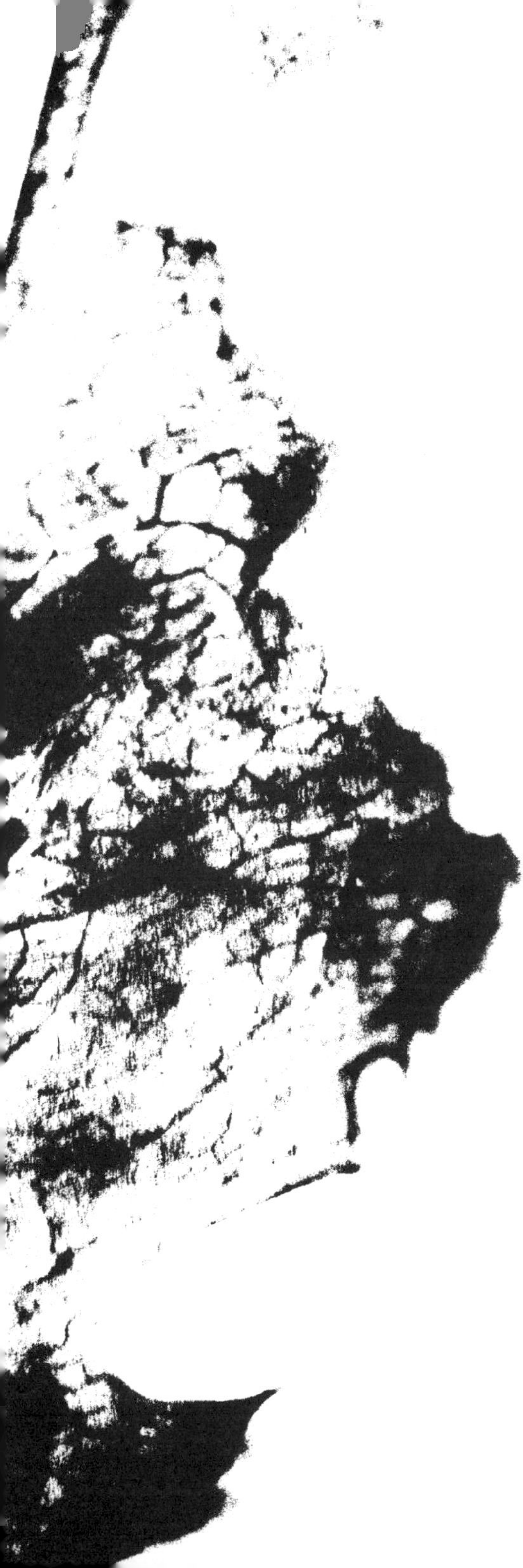

搭配長笛與齊特琴[1]伴奏

我們住在靠海的山丘上，向西看是一座港灣、一座山、鏽金色的橋，與
它們後方的海。港灣有數座沉睡的島嶼，茂密幽暗，

東方是夏季野草遍布的金山丘，山邊散落一些橡樹，綠深得幾乎是藍，
峽谷裡則有漿果鵑[2]與月桂，

那些樹的東邊是座寬廣的谷地，炎熱且平坦，是冰河洪流殘餘的河床，
它曾是座巨大無邊的湖，然後沼澤然後草原野花非常茂密在晚春你可以
聽見蜂鳴面前是層巒疊嶂的海岸山脈[3]居高臨下，顏色如此濃而斑斕它
們看起來就像在呼吸，

呼吸，哦，天堂[4]，現在它大部分是務農的鄉野，工業化農業，夏季洋
蔥田強烈的氣味，緊鄰泥淖的河鎮，購物商場無止盡的玫瑰經念珠興建
到倒塌不過一個世代，停車場停滿空車，擋風玻璃在正午的熱氣中閃閃
發光，

谷地的東方是山邊緩升的紅土丘，橡木讓位給松樹，然後逐漸爬升七千英尺直至冰河雕鑿的花岡岩斷層塊，高山湖泊因融雪呈藍綠色，扭葉松、傑弗里松、糖松、肖楠林，聞起來是有松樹樹液與鳳梨[5]與火花般的高山空氣的氣味，即使在夏季，山峰間的鞍部也處處堆雪，

險崖的山坳與冰斗間，無垠的湖深處是綠松石的藍，沿岸環繞著翡翠綠，當天空積雲午後的小湖是冰藍色的，小小的草地山谷很久以前一定也是湖，細細的溪水順著谷勢濺入其中，「斯闊溪」澆灌草原，如今是滑雪渡假勝地，有些慵懶且擠滿穿短褲的夏季觀光客，

而松樹下也有步道離開谷地，大嗓門的松鴉在山裡聒聒噪噪，鮮紅色、小喇叭形狀的吉莉花[6]與耬斗菜細緻晃蕩的紅與金色的花，印地安畫筆[7]也是紅色的，

山待蜂鳥不薄，牠能看見蜜蜂看不見的紅色，而蜜蜂則有亮藍色的飛燕草與絨毛泥白的珠光香青[8]，淺黃色喜愛噴濺水霧的猴子花[9]則是給每一個人的，

那兒空氣新鮮，呼吸，親愛的，站在步道中那個人、上頭是垂直的花崗岩，可能是你，站在鹿灌木[10]與黑莓橡樹[11]之間的你，手中拿著辨認地衣的野地指南——

你注意到這是首為紀念日寫的詩了嗎？一個藥袋[12]，為費力的伸展作準備，我們瞀進消磨人的日常，我們背負它走下步道，我們會持續走著，肌肉有一點瘦，一陣風吹來，為夏日的空氣帶來一絲輕盈。

1 zither，撥絃樂器，演奏時絃線橫放，常用於表現鄉村田園氣息。

2 Madrone，杜鵑花科的一種常綠落葉喬木，原產於北美洲西部沿海地區。

3 太平洋海岸山脈。

4 Elysium，古希臘神話中，來世的樂園。

5 鳳梨（pineapple），與松樹（pine）有音律上的重複，亦可指手榴彈，連結接下來的火花一詞。

6 Gilia，花葱科植物。

7 Indian paintbrush，又稱火焰草，玄參科植物。

8 Pearly everlasting，菊科植物。

9 Monkey flower，溝酸漿，玄參科植物。

10 Buckbrush，通稱幾種鹿喜愛食用的北美灌木。

11 Huckleberry oak，山毛櫸科植物。

12 Medicine bundle，通常指北美原住民的儀式小包，裝有藥品與神聖物品。

艾伯特潟湖：十月

首先吸引你目光的
長在沙地的蜿蜒小路上，自停車場延伸
向艾伯特潟湖的海灘，灰鴿色與銀色的狼樹叢[1]
郊狼灌木[2]與刺苞菜薊，上方
是一閃白光，
灰澤鵟的尾部，牠低低掠過
岸邊的矮樹。白冠帶鵐
在樹叢中喧囂，即使十月了，即使
下著細雨吃了一驚、消失。
林兔凍結，閃電般彈起、消失，
鵪鶉鳴叫，咕嚕咕嚕的歌曲
（你甚至可能不會意識到自己留意著）
消音了，而你在那裡，十月、下著雨，
鵟滑翔而過，先是鵟，然後是
鵟的影子，影子在雨中不明顯，低低的太陽

在雲朵間鍍銀向西了一點。
近乎日落。進入加州秋季的中段
就進入了新的天氣
一陣雨結束漫長甜蜜的九月時光
（天空清澈，氣候宜人，
植物的根向下抓牢
接連五六個月的乾旱，舔舐
所有水分它們接著舔舐
夏日的霧氣）那時非常適合散步
你幾乎可以聽見吸乾雨水時
土地的嘆息，此時是十月中
冬天開始，同時也是春天綠意的
開始，你聽見的聲音彷彿是
春與冬躺在彼此的臂彎裡，
在鷺的影子下，沿岸的矮樹間，

海在一段距離外，浪花極弱的聲響，
數隻白鷺，亮白，在蘆葦間做工，
十月雨天的水邊。

1 狼樹叢（thickets of lupine），通常譯為魯冰花。

2 Coyote bush，菊科植物。

八月的耶誕節

給 Daniel Halpern

八月北加州沿岸的城鎮霧氣重重
下午偶爾有數支驚奇的陽光。
很難說你處於什麼季節，因此，今天早上
在市場，推著推車我閒蕩過幾袋玉米粉，
一小段西班牙曲調浮現腦海。
瑪麗亞．C每年都要為平安夜
做近百份玉米粉蒸肉，她喜歡談論（當我在
十二月冷颼颼的鎮上遇見她）她的行程：
烤豬肉、煮雞肉那天，燉
墨西哥混醬那天——洋蔥與大蒜，當然了，
月桂葉與辣椒，瓜希柳辣椒或煙燻味道的奇波雷椒，
奧勒岡葉——「加多少？」你問瑪麗亞，她聳肩

「Un poquito，」[1]——在這個季節，肉桂棒、
一點磨碎的南瓜籽、蒔蘿籽、一些巧克力——
她姊姊喜歡綠橄欖——你將它燉了好幾個鐘頭
同時揉著玉米麵糰和上烘烤滴下的豬油
與調味過、用來煮雞肉的湯——
然後就是平安夜前夕，孩子們幫你
用 hojas[2] 包玉米粉蒸肉。那是我
在市場聽來的詞，年輕女孩
與她們的 manos rápidos[3]。這讓我想起
柏克萊山上的耶誕節與一個老先生的手——
上個世代的流亡教授，我在市場遇見他時
他看起來十分苦惱，彷彿我們應該在家裡
寫作中世紀波蘭文法家的論文
卻在某種有損男子氣概的妥協中被逮個正著。
但他喜歡在平安夜張羅鯡魚，

而我能想像他的老手，不大利索，
片著肥美的波羅地海魚，搭配
杜松子、胡椒粒、橄欖油與醋，
月桂葉與丁香。我敢說一定有個波蘭詞彙
能形容正確的芥末份量，意思是「剛好」。
耶誕節前夕的早上，我們在家裡剝胡桃，
我的愛妻穿著圍裙烤洋蔥與芹菜
做填料，花圍裙全副武裝，
彷彿她正強行徵用世界的大船，
那天，某種程度上，她的確如此。外頭
是八月，這星球剛開始轉向黑暗，
路還很長，卻也不是很長，距離那白晝短暫的黑日子
我們齊聚一堂慶祝存活下來的光。

1 西語，一點點。

2 西語，葉子。

3 西語，快速、俐落的手。

在斯闊谷設想一個詩學論述：夜晚在山下散步後

我的朋友切斯瓦夫·米沃什[1]不認同超現實主義。
要建構他的理由（在想像中）並不困難。
深夜、深冬在華沙：兩個朋友
被攔下，總督府的警察說著
很破的波蘭語。因為他們的皮夾克——
兩個波蘭小夥子要從哪弄來新的棕色皮夾克
在一九四三年的冬天？——他們要不是黑市商人，
警察推論，要不就是特別到不該去碰。
比較老的那名警察（待過柏林
夏洛滕堡一個寧靜的轄區，曉得
應對進退而現在他
只想保住工作不要被送到
俄國前線，在那他不是被炸死
就是被凍壞腳趾）一點也不想碰燙手山芋。
是他讓那個年輕詩人逃走的。

另一個，年輕點的，戰前在科隆是個機工，
比較有野心。他盤問第二個人是幹什麼的。
那個波蘭小夥子陷入窘境。他該回答
自己是個哲學家嗎（他是如此認定他的專業）
還是個卡車司機呢（那是他目前的維生方式，
為了拒絕與德國人合作）？再者，
他該以波蘭語還是他流利的德語回答？
下班後在漏著風的小閣樓他正完成
一篇論文，關於費德里希・尼采所描述的
阿波羅式與戴奥尼索斯式性格，半採取馬克思
半採取卡巴拉觀點。他直覺認為
聲稱來自較高的階級是危險的
因此他用波蘭語說他是個卡車司機，而警察
心想——啊哈！黑市的——於是逮捕了他。
他被審訊，移交武裝親衛隊，被痛打，

更多的審訊，被認定是共產黨員
還是個知識分子而被送去東方的奧斯威辛
最後死在那兒，槍殺，有些傳言說，
斑疹傷寒將他耗盡，有些則說是腹瀉。
同個春天，詩人從新聞上聽見某個版本，
當時他正注視著一具大而
發亮的陶瓷長頸鹿上下躍動，
隨著維也納華爾滋，那是假日旋轉木馬，
當砲火在高牆另一側的猶太區爆裂開來。
俄軍駐守華沙已經一個世紀了。
現在換成德軍駐守而一個漂亮的波蘭女孩
騎在長頸鹿上舔著一支粉紅色棉花糖
和騎斑馬的德國軍官調情，
上下躍動，而他擦亮的
黑色高筒靴，詩人無意間注意到，

反射著環繞旋轉木馬的柏油臺面上
一窪窪春雨中的太陽。
在那之後他就不想再讀
那些用皮繩遛龍蝦的法國詩人也不想看起來
像在頌讚這世界毫無道理可言。
這就是（根據他願意告訴我的片段故事）
我所設想的心理狀態。
而在此推論與軼事讓位給論述。
我會為他引用英譯本的安德烈·布勒東。
我的妻（腋窩是蕁麻陷阱）與聖約翰節[2]。
而他會說，或至少，此時在我想像中
他會說：「哎，是，當然，我贊同腋窩的部分。
隱喻，是布勒東的特長，就像腋窩是
莫迪里亞尼[3]的特長。誰不愛隱喻呢？它的敏捷
使我們能用平常的五感去品嘗世界。

告訴你是什麼嚇壞我了：認為『這就像那
就像這就像那』能代表全貌，無限
重複，人類可憐的想像力已發展出這種
聰明迅速的感知然後就被卡在那兒，
像籠子裡的倉鼠，摸索著相似性無限的
十字轉門。我們為何要讚頌它呢？以荒謬性與
荒謬性最後一搏？莫迪里亞尼畫中那些女人的腋窩，
相反地，就是她們手臂的凹陷處——這樣，或許
那樣，但最終這女人向我們暴露的是這柔軟窩巢
或是深色甜蜜水鴨羽毛般的一簇毛髮
注意到那姿勢使乳房微微抬起，慵懶地，
抬起玫瑰色的乳頭呈現給我們，這是禮物之一——
還有日出，亞麻布的氣味，初雪前的空氣——
在身而為人的種種恐怖與混亂之中
世界送給可憐凡人的禮物。「哎，」

我可能會說：「如果您容許我談談技術面，
莫迪里亞尼是就某個特定女子的概念
作出普遍化的再現。」而他：「正是。
一個特定的存在。普遍是因為如此存在而不是其他，
這樣而不是那樣，這個凡俗肉身的存在，是死亡
給予我們的共通點。」「而這就是米沃什式的信仰嗎？」
「對，」他大笑。「在我的信仰中，如果我們將要挨餓，
我們要在塞尚的梨子與夏丹[4]的蘋果前挨餓。」
他微微瞇起眼睛。「在我的信仰中，隱喻使我們疼痛
因為事物存在，且是其所是，然後消亡。
別忘了考慮緩慢的凋萎，那少女
的蒼白肌膚，她鳥巢般的淋巴結
與愛與恐懼的費洛蒙。也別忘了提及
淋巴癌，大自然清掃地表
暴力愚蠢的方法，使生物暫時地

從凋萎、疾病與瞄錯目標的複製熱望中解放
而那正是組成我們的細胞在一團化學爛泥中的
拿手把戲。而，回到腋窩上，我們別忽略了
恐懼獨特的氣味，它提醒我們
在達爾文先生的駭人計畫中我們將發現一個美麗的
事實，即，在較高等的哺乳動物間，那替他們的血肉
調味的醬汁就是純粹恐懼的腎上腺素，
或更糟，追獵然後恐懼的腎上腺素，
以及，就我們所知，絕望的、獵物被吞吃時的腎上腺素。
大自然，畢竟，是化學與化學是這
成為那成為這成為那無限地
通過無限的凋萎，無限的扭曲
哺乳類與爬蟲類與昆蟲的苦難與恐懼。
對於這個腋窩，它又知道什麼？那乳房？那嘴唇
轉向鏡子閃亮又紅潤

她（自認不算是個漂亮女孩）

檢視著她拔過、彎曲的眉毛，完美地優雅，

然後輕拍她光滑的髮型，一九一〇年代的流行，

屬於這個年代，而非其他年代，她濃密的紅棕色頭髮？」

「你知道她是誰嗎？」我問，突然感到好奇。

「嗯，有兩個女人。自殺的珍妮・赫布特尼[5]——

從一扇窗戶跳出去——

她懷了他的孩子——在他死後的隔年。

她是法國人。我們那抬起手臂的女奴

是露妮亞・切可斯卡。莫迪里安尼的經銷商斯波羅斯基

是個詩人，小詩人，是他向畫家介紹了

露妮亞。斯波羅斯基是我叔叔[6]的朋友。

但他在我第一次到巴黎的那年過世了，

所以我沒見過他，但我見過切可斯卡。」

「你見過切可斯卡？」「她邀我喝茶。

我二十一歲。她大概有四十了。
腰很粗，看起來也是。那是冬天，
她穿花呢。她想在訪問中
測試我——主要是關於我叔叔
與斯波羅斯基的詩——因此全程使用法文。我記得
她的手看起來很老，早發性關節炎
或許，但不知怎麼地十分漂亮，她送上
樹幹蛋糕與茶（我狼吞虎嚥）的姿態裡
有某種細緻。當時我靠著
學生津貼過活並因為在她還沒碰
盤子前就將它一掃而空而感到丟臉。」
他大笑。「我也記得她的香氣。孤挺花。
杜普特倫路上靠書店的公寓
有紅茶與蛋糕裡的薑的味道
而她孤挺花的香氣像夏季乾燥的草。」

米沃什被葬在地下墓室——克拉科夫的
聖彼得「小岩石」教堂[7]——周圍皆是波蘭的名人顯要。
我痛恨卻不得不接受，他那特定的身體
正躺在一座冰冷的大理石地窖而他的老骨頭
正承受著兩千年歷史的天主教教堂的重量。
（幾年過去仍放在心上，想像這對話
發生在謝拉的暗夜，在群山聚集的影子與
群星閃爍之下。）我不大喜歡的事實是，
（或許）這正是他所想要的。「你應該
葬在，」——我仍在和他說話——「草地如茵的山坡
沉浸於陽光（立陶宛的太陽，在你的童年記憶中，
農民會將它刻在教堂墓地的十字架上）
以及，你在一首詩裡所稱呼的，『樺樹林的脆弱光線』。」
而他可能會說不。他可能會說：
「我選擇大理石與天主教教堂因為

他們說不，對誘惑我們殺死我們的自然美景。
我說不，直到可憐的莫迪里安尼與斯波羅斯基
與切可斯卡，那抬起手臂與乳房的女孩，
那成熟女人與她的薑汁蛋糕，
她已佈滿老人斑的手，以及珍妮·赫布特尼
與她未出世的孩子，在眾死者中復活。」
而我說，這件事還有別的思考方式。
你描述過車頭燈掃過夏夜
的原野，記得嗎？我能向你引述
詩句。你說你能感覺到
生者與死者的心跳。六月的某夜，他說，
在賓夕凡尼亞——於我這名字浪漫得近乎不可思議——
空氣潮濕嗅得到雨後濕土的氣味。
我清楚記得那個夜晚。那些詩句就沒那麼清楚了。

1 Czesław Miłosz（1911-2004），波蘭詩人、散文家，一九八〇年獲得諾貝爾文學獎。

2 St. John's Eve，又稱仲夏節，北歐慶祝夏至到臨的傳統活動。

3 Amedeo Modigliani（1884-1920），義大利表現主義畫家，以大膽的裸女畫知名。

4 Jean-Baptiste-Siméon Chardin（1699-1779），法國著名靜物畫畫家。

5 莫迪里安尼的妻子。

6 Oscar Milosz（1877-1939），法國象徵主義詩人，米沃什的遠親。

7 米沃什長眠的聖米迦勒聖達尼教堂，也被稱作「小岩石」，出於教堂底下的石灰岩。哈斯將之與「將在基石上建立教會」的彼得連結，「彼得」在亞蘭語的意思即「岩石」。

辛白林

每一件我們所做的事都為了解釋日出。
亡逝解釋它。做愛解釋它。
莎士比亞最後的幾齣戲解釋它。
我們仍像開頭時那麼無知。
我們一次又一次造著巨石陣
認為它得知「何處」有所幫助
或至少「何時」：火焰在兩塊石頭間裂開。
它舉起我們如性愛拱起身體，它扛起我們，向上、越過，
沒人知道它會在什麼時候、為了什麼原因停下，
因此每一件我們所做的事都為了解釋日出。

「多」的考古學

你要做的就是說點話。
你要做的就是窗外那
鳥兒在七月中旬、早晨的第一道光中
所做的。就像你，
牠們有眼睛要張。（你要做的就是
找些韻腳押。）像你，牠們睡去。（你要做的
就是準時起床。）那跳進、跳進了
腦中的是「七月」
與「睡去」的奇異，就像這句
萬物睡去。是誰轉動了（不是「傷害」[1]）
世界（由於一塊石頭在太空中
的旋轉與一團燃燒的氣體風暴
的關係）引發每種有機物，在
光亮的時刻與黑暗的時刻來回交替，
（你要做的就是讓字唱歌）關閉

效率中的利益，為了不要太早
耗盡（你要做的就是敲響字，
敲響字裡令人愉悅的東西）？「誰」，當然
是種修辭而已。（你要做的
就是進入你沉重的甦醒，
進入你生命中那形而上的反胃
（帶著它的舉止風度它的衝突，它的人
它的物[2]）似乎是自你內部生成，
將你分解，然後弄出一種愉悅的
（或戲弄的）聲響；如果你不能擺脫它
你要做的事就是對它唱。）

親愛的A——。開車進入群山，我得提醒自己，它們不是某種神聖的存在，不是某種龐大隱形贈與的可見放射（除非我說它們是，如果你懂我的意思的話），只是裸露的岩石在陽光下風化。這使我覺得「岩石」是種難以解釋的創造。這使我提醒自己「創造」，就這個例子而言，只是修辭。我想起物理學向我們描述的世界的無意義，像十九世紀晚期的疾病般折磨人，似乎過剩得將在二十一世紀初期發作起來——為了召喚我對大霹靂有些消化不良的理解，提醒自己，當人們穿著短褲在我們經過的每一家賣場裡吃著草莓冰淇淋、在床墊的特價展售間嘗試各種睡姿、因為路怒症[3]發作舉起拆胎棒互毆的同時，地球是某次爆炸後殘留的小碎片，最終採取了「岩石」的形態，被丟得離爆炸的原點遠遠的，旋轉著，同時開展演化各式各樣的有機形態，包含我體內製造出這些文字的迴旋的東西。我想像你看著女兒們跑過灑水器而這也是你在夏天該做的事。你與Ｄ——能擁有全宇宙的無意義，烤完雞又吃飽、下午讓女孩們用專門挖甜瓜球的工具挖出甜瓜球並冰鎮它們之後，讓她們洗好澡聽完故事、看著她們的小嘴變小在睡眠中的一呼一吸之後，將某部黑色電影[4]放進ＤＶＤ播放器，觀賞某個幾乎已被遺忘的演員穿著那種有大翻領的浮誇西裝繫短而寬的領帶，出生入死不需要任何好理由只因為他是——以法國評論喜歡的話來說——愛情中的傻子。我喜歡想著你們兩個，親愛的。我喜歡想著ＤＶＤ播放器最後加速的呼呼聲與關機時的輕按，以及最後一刻從咖啡桌拾起眼鏡與掉在地毯最遠那端孩子的玩具，回到那，一個夏天夜晚，帶有某種巨大、令人半信半疑、已被命名、熟悉的實體，就像你入睡時流經窗外的哈德遜河。想起它使我平靜。像音樂剛結束時一份冷卻的樂譜（由某個流亡的俄國人作曲，賺了不少錢，仍告訴自己有天他將放棄一切再寫幾首奏鳴曲）。你，當然，有孩子與清晨可以想。我記得，當我想著，或不想著，那些在馬路上被撞死的動物——一隻鹿，一隻浣熊，兩隻臭鼬，一隻狐狸，或許還有一隻郊狼，我很快地開過去——一些負鼠，至少一隻蛇，我推測是束帶蛇，我想我瞥見了紅色，心想那很可能是血。稀鬆平常的大屠殺發生，當汽車的巨力朝著愉悅攀升然後松樹的香氣飄來然後雪在唐納山口的鞍部發亮，太陽每日昇起就顯得沒那麼無情，我想著你們兩個在看完電影後睡去，盤旋於死亡事故的浪漫想像與實踐的內在性之間，而後者會使你們在早晨時驚醒。

你要做的就是說話。你幾乎沒有概念

鳥兒覺得自己正在做什麼呢。或「覺得自己正在做什麼」
對一隻鳥來說有何意義。你要做的就是說話，
對著某種想像他人，在文字世界中，在世界
與文字的靜默中，造出一個世界，造出黑暗中的看見，
有如夏日田野的晚上，偶爾出現的片狀閃電。
或者——我正準備寫——像剛開始的雨，像剛睡醒時
聽見，樹葉間的雨聲。過分痛苦，
過分美麗，用一種說法一種歌唱表達那些你要做的事情。

1 wind（轉動）的過去分詞 wound，與 wound（傷害，過去分詞為 wounded）共用同一字。

2 strifes（衝突）、stiffs（人）、stuff（物），三字押頭韻。

3 Road rage，指司機之間常因惡劣的駕駛條件而動怒或訴諸暴力。

4 Film noir，多指盛行於一九四〇年代至一九五〇年代末期的好萊塢偵探片，內容多處理性、犯罪、愛恨交織與善惡矛盾的情節。

哀歌的季節，一首不是哀歌的詩

他們在地中海沿岸常見的
濕地建造淺池，腐爛漁獲
做調味料。它有個名字
但我記不得了。兩千年後
一條步道穿過西洋棋盤般
矮土築成的堤防，黃星薊
與刺苞菜薊車在邊上。
葡萄牙南部的某個夏天，
我晨起跑步，趕在上帝的鐵砧開工之前，
七月的酷暑。海灘有段距離。
也許羅馬人曾在那裡將三列槳戰船拖上岸。
海上吹來微風
沿岸一群火鶴
在沼澤地顧盼，松樹中，
高爾夫球場的上方，一隻築巢的鸛。

當時高威[1]還活著，我想，
歐克理[2]也還活著，吉米・希爾曼[3]
活著，而某一次
我自言自語，
對托馬茲・沙拉蒙[4]說話，當時也還
活著，人或許是在盧比安納[5]（有時候
他不在場我也照樣和他說話，
儘管我們交情不深，
這便是其中一次）。托馬茲在杜布羅尼克[6]
擁有一艘船，共同持有另一艘，
就我的印象，他們將它租給走私者
運來義大利百貨的
人工珠寶並規避關稅[7]
他們在盧比安納的廣場
兜售，或賣給百貨的女性飾品採購員

（她們從中賺了一手）。
這故事得摻一小撮鹽或一份
發酵的魚露搭配——garum！是這個名字沒錯——
因為我不是聽托馬茲親口說的，
從別人那裡聽來時我多少有點醉，
片段的沙拉蒙傳奇故事。托馬茲，我說，
我在鹽田間迂迴前進，
在法羅[8]城外的鹽田間迂迴前進，
古羅馬的鹽田近乎完好無損。
海岸那邊，人們採收蛤蜊，
一群有著臉紅顏色的潮間帶鳥兒，
就是一個特藝七彩[9]的賈柯梅蒂[10]也發明不出來，
一隻鸛停在高爾夫球場的樹上。
我不清楚鸛對歐洲人有何意義。
在我童年的某些圖畫書中，

牠們在煙囪築巢，帶給村莊
一種平和、昏昏欲睡的感覺。既然我們同年，
你或許也會一邊吸著大拇指
一邊研究著圖片中，鸛鳥在樹枝編的巢裡打盹，
在一個可說是無事發生的歐洲
你的母親翻著書頁。我會這麼說。
那些生物，蹲在巢裡，五千五百萬年了。
托馬茲，我記得你說過，就你看來
所有烘焙師都該學唱歌。「理所當然[11]。」
我記得你說，當時我對你熟用英文成語
印象深刻。自然，我們也理所當然
躺下、作夢。使麵糰發起來。
托馬茲，當你死時他們該在杜布羅夫尼克港邊
放點燈的紙船。當高威死時
土地該呻吟，大街上該有

不受管束的獅子。馬克．斯特蘭德[12]死時
星星該交換機智挖苦的小雋語
那語言我們完全不可理解因而只看見閃爍。
至於歐克理，我們應該讓科羅拉多上的每座水壩除役
放一艘光滑的白色獨木舟
漂過格倫峽谷[13]到加利福尼亞灣的每處轉折
它後面跟著銀色的船痕，一個
自我抹除的長句。然後在下加州[14]的某處海邊
辦派對。目前沒有隱喻
給我的岳父。他在我心中還像是活著的人。
精力充沛、慷慨大方，九十三歲時仍對生命充滿熱情，
那年夏天在法羅，他向兒女展示
他因為領略而深愛的世界。他是農家子弟
來自密西西比最南邊的松樹林
長成一名深愛世界的人。

他喜歡說他學來追老婆的
葡萄牙語，喜歡和女兒與
兒子們走過古老要塞的堡壘
與阿爾加維[15]的眾清真寺。我們對料理的興趣
讓他覺得有些好笑，他吃粗麵粉
與紅眼肉汁[16]長大，因為一九九三年
大蕭條底下的密西西比農場就是這樣，
因為他最早的記憶之一就是父親
和哥哥從一頭剛宰殺的豬的內臟
洗出排泄物的氣味。他老的時候著迷於寫作
總是寫那氣味那尖叫那血。
但他知道法羅哪一家餐廳有整隻
填塞米飯與葡萄乾的烤海鱸。
以及某種用檸檬、肉桂與大蒜做的食物。
他死去已經三週了。當我們離開餐桌，

他記得女服務生四個孩子的名字
與年齡。在那之前他為我們點了咖啡
與美麗的綠梨子，那是阿拉伯人一千四百年前
從大馬士革帶來安達魯斯[17]種植的。

1 Galway Kinnell（1927-2014），美國詩人。

2 Oakley。

3 Jimmye Hillman（1923-2015），美國學者，詩人布蘭達．希爾曼的父親，哈斯的岳父。

4 Tomaž Šalamun（1941-2014），斯洛維尼亞詩人。

5 Ljubljana，斯洛維尼亞首都。

6 Dubrovnik，克羅埃西亞南部城市。

7 人工珠寶（custume jewelry）與關稅（costoms），在原文上有韻律上的趣味。

8 Faro，葡萄牙最南端的城市。

9 Technicolor，一種拍攝彩色電影的技術，以呈現超現實色彩及有著飽和的色彩層次而聞名。

10 Alberto Giacometti（1901-1966），瑞士雕塑家、畫家。

11 原文為「It stands to reason」。

12 Mark Strand（1934-2014），美國詩人。

13 Glen Canyon。

14 Baja。

15 Algarve，葡萄牙本土最南端的地區，該區行政中心為法羅市。

16 Red-eye gravy，美國南方的一種稀醬汁，以鄉村火腿與咖啡混和燉煮，又稱為「窮人的肉汁」。

17 al-Andalus，穆斯林在中世紀對伊比利亞半島的稱呼。

九歲的詩人

多數的神，始於心中一陣
溫柔的撕開，有些則始於身體。
他找到的藏匿處如此完美
他必須忍住別笑
防止洩漏行蹤。當時
孩子們都被叫進來了，天很冷。
他發抖，蜷伏。幾顆星星。
他聽著黃昏的蟋蟀。
可能是血在他耳中鈴鈴作響。

一個人應該

小說是一面馬路上移動的鏡子。[1]我看見它潦草
寫在中西部一間小學校，空教室的
黑板上。秋天的某個星期五，長日將盡，
黑暗快速降臨，學生都跑派對去了，
長長的黑板向粉筆灰的憂鬱
投降。斯湯德爾底下是另一個
十分堅定的字跡：詩歌是夏季田野上的
片狀閃電。我把它解讀為，一個人應該
要能夠說出自己的心理狀態、勾勒它的輪廓、
看著它遠遠地在懷孕的空氣中發光。
我曾為某個朋友引述這些句子，她的老公
得了胰臟癌，不是說它們特別切中她承受著的事情，
而是因為她問我腦中正在想什麼。
她中性地注視我好一段時間，彷彿試著
跟上我讀詩的音調以及它們所隱含的

兩種知識規則。或者，觀察——
她是個分子化學家——這是不是某種
像我這樣的人會熱中的智性猜謎。
她是嚴格的人，一絲不苟，而且正在受苦——
太客氣或太習慣容忍他人的
怪裡怪氣，她只是抬起一邊的眉毛、聳聳肩。
稍後，在醫院的另一條走廊上，這與某個
她疏遠的嫂嫂的病有關，就某些家庭的
相處模式，多年來她們在隱微的彼此厭惡下
進行最低限度的禮尚往來。
這天，她的老公早已去世，她坐著身體微微弓起，
手裡抓著皮包，彷彿它是個無所謂的財產但總歸
是財產，當她注意到我（我猜想）
正研究著她的表情，她以解釋的口吻說：
「我不曉得什麼是美好人生。」我看著她

抓著皮包的手，開始數算
那些讓我免於被純粹的離心力
甩離地球的物件：我的鞋，我駕照上寫的
名字。我想那天對她的關心
並不算其中之一。我們並不親。我只是剛好在附近；
她只是看起來不該一個人待著。她的兩個女兒
與我的孩子同時上學。一個
我記得在紐西蘭教藝術史，
一個在比利時從事公共衛生相關工作。美麗的女人們，
（或者還是兒時的樣子），非常活潑，
我有個印象是，她們偏愛父親
覺得母親過於知性冰冷。詢問她
感覺如何，似乎介於無味與冒犯，
因此，如你想像的尷尬，
在醫院走廊的長椅上，試探性地

我用雙臂環抱她。她不是那種你會擁抱的人，
於是她忽略我的手臂繼續盯著地板，
說：「僅僅不犯蠢、不麻煩別人
是不夠的。」我說。「你和拉赫邁爾活過
大風大浪，你的人生很精采。」她再度
中性地、帶著質問意味地看了我一眼，說：「人生。」
當我發現自己想告訴別人黑板上的
句子時，她的臉偶爾會不自主地浮現，
那一眼——不只一眼，但也很短暫——看見的
不是她的寂寞、絕望與筋疲力盡，而是她
注視著一池子的情緒，彷彿她研究的是奈米晶體
或聚合物。那似乎是我想召喚的眼光
不嘲弄而是去體察、將之放回原位——儘管
這個想法對我仍十分鮮明——我認為這是一個人應該
能做到的事。片狀閃電。一次裂開。夏季田野。

以及鏡子——看看那裡有什麼東西，局部也好，

一道純粹反射的光，不提出特定的秩序。

在天堂抽菸

看著年輕的詩人在傍晚
抽菸，在詩歌朗讀會外的陽臺，
我心想天堂是否有個可以抽菸
的陽臺。我有個朋友，不在人世了，
一個天主教徒，對天堂的前景無甚感動
直到他發現一個中世紀的神學團體
曾提出，永恆裡有種
特別的時間。他們給它一個拉丁文名字。
就像我的朋友，他們不能設想有個神
會強迫他們永遠活在
沒有日出與日落的世界。他的妻子，一個懷疑論者，
稱它為脫咖啡因時間，對此他挖苦地聳聳肩，
這個死後人生的概念讓他非常快樂，
對他而言，這才是重點。
他死了差不多有十年了，

所以我猜想他或多或少已經知道
死後是否就是一無所有，有沒有人在那裡
知道或不知道狀況。抽菸的陽臺，當然，是戶外的，
所以它不會像機場的吸菸室那麼令人沮喪
灰皮膚的人們在那裡，以宗教式的謙遜
屈服於他們的菸癮。你能夠點起菸，走去雲朵的邊緣
看著你吐出的芳香的煙
漂向那脫咖啡因的夕陽。這讓我好奇
天堂是否有咖啡。或性愛。我認識一個女人
她說性愛的主要理由，
對她而言，
是事後菸。而如果天堂有
性愛，那裡怎麼會沒有其他東西呢？可能
因此你也會看見加拿大雁在湖上安頓
當月亮用發亮的小扇貝

替水面打上微光。年輕的詩人
該讀艾倫・金斯堡，他說詩人們該樹立榜樣
不應屈服於他稱之為「資本主義的
尼古丁霧靄」的東西。可能沒有了菸草的天堂，
情侶在海邊散步，已經做過愛了，
而月亮，近乎不自然地巨大，正升起，
水面上月亮的顏色就像他們的身體
所感覺的，滿足但還悸動，
透過月光他們能看見一群野生的山羊，
有著長鬍鬚與非人的眼睛，在山坡吃草，牠們也滿足，
彷彿時間與永恆總歸來說是些錯誤的概念，
而女人會戴著希臘面具走進來
沿著海岸線跳著舞跳著命運。

七十三歲的夏日之夢

山路上，我走在一列送葬隊伍後
決定超過它，但它彷彿永無止境
而我完全暴露在不斷迎面而來的長巷中
走出去唯一的方法就是融入
悼亡者的商隊。天逐漸暗了，一陣濃重的雪
慌忙降下又突然停止
帶給世界某種盼望的氣氛，
但，其實，什麼也沒發生
除了降雪後，蜿蜒通過松林的山路
劇烈的寂靜。

洛杉磯：解析

「若你仔細想想，它的確像是某種特殊恩典。
其他動物當然也能辦得到。烏鴉，天曉得，
每晚都能順利找到彼此。
但這個城市什麼都不像
只像一座高速公路的迷宮。想想這谷地——
只是某條古代河流的乾河床
源自西班牙王國最北端的
某個小哨口，整件事隨著時間
被合理化，名字、街道、高速公路環道、
紅綠燈與交通號誌——只是一小撮土地
加上這精細得難以置信的布置
以交流為目的——你曾想過為什麼L. A.
製造出這麼多神祕故事嗎？因為這城市
本身就是個謎——話說回來，身處其中的
一個人寫了張字條給某個人說

『我想見你』而另一個人同意了
也挑選了見面地點——像烏鴉，
他們腦中自有地圖——從城市天南地北的地方
跳進各自的車裡，而真的，
他們在同樣的時間抵達同樣的地點
並愛上彼此，哦，立刻就愛上。
我的朋友莎朗最近問我什麼是愛。
很過分我知道。我說，當然了，我不大清楚但
我知道它是個動詞。名詞就是完全另一回事了。
而我想這就是為什麼『失望』（disappointment）
是如此好用又可口的字。就像所有好用的字
殘酷。儘管如此，它不代表當初的約會（appointment）取消了。」

奧克弗諾基：一則故事

「我們在喬治亞靠近福克斯通沿岸的沼澤裡做著人口調查（一種挺粗略的工作）。」慢吞吞、拖長的聲音說：我們躺在坎伯蘭高原某個淹水的採石場中央的一條小船上。田納西的近黃昏，一隻大藍鷺在沙洲，古老的活橡樹上苔蘚結綵。我的同伴說著戰爭故事，動物生態學家的版本。

「分辨公母鱷魚的唯一方法，」河水拍打又晃動我們，他說。

「是用指頭檢查，因此我的好夥伴杜恩——他老婆才剛離開他，而那天他在我看來絕不算清醒——將他的手撞進泄殖腔的褶層一隻你見過最天殺大的鱷魚。

我們幫她打了針、綁得好好的，但她還是猛烈翻扭，我們全都猛烈冒汗，那氣味

還真無法忽略，而杜恩已經伸進一隻前臂深
喊著『抓住她！抓住她！一下就好。是個公的！』
他拉出手臂時發現他的結婚戒指不見了，
而他就這樣盯著他的手整整一分鐘而我們就坐在那
盯著他因為我們抓住那鱷魚的時間
已經近乎是我們意願的極限，但當然，
我們也知道決定權在他。」

給西塞爾：《俄亥俄州鐵路》讀後

思考著西塞爾與火車，
　我想起南太平洋運輸公司的火車
　　午夜時開出芝加哥，一九七一的冬天，

關門前一刻進到豪華車廂
　那個男人，從越南回來前
　　在堪薩斯市的屠宰場工作

這是他要回去的地方。他可能喝了幾杯，
　給我看他的手，「他媽的牛血」他說，
　　「你不可能完全洗掉它。」

儘管他打開的手看來沒有任何汙點——
　那是什麼字來著？「粉紅肉色（incarnadine）」？——
　　在我看來：窗外黑暗中眨眼睛的小光源

是火車頭的頭燈
　在長耳大野兔的眼裡發亮
　　動也不動如庫存品在冬天的草原上
我們往阿爾伯克基向南飛馳而去。

澤西火車

一個音節。心靈在暗中摸索
　　　　可以禱告的對象。
煉油廠
將某種氣體排放進冬天的黑夜
在風中燃燒著，
彷彿它是世界的指示燈，
彷彿萬物在黑暗與冰冷中按各自的速度
燃燒著。
　　　　旅人累了。
她頻頻點頭，當她的額頭碰到
窗戶它冰到
會疼，使她醒過來了。
　　　　而外面的光
從她的臉上閃爍而過
我想到黑暗，穿著整齊

一小時一小時地覆蓋大陸而這裡就是
需要你幫我處理那些身體的地方了，
弓著的年輕身體，甜美的氣息，
躺在車庫上方的臥房，孩子們
睡著，安穩的睡著，一早起來
有滑動的玻璃門，向後院與更遠的森林敞開。
　　　　　　　　　　有些孩子會醒來，
搖搖晃晃的站立，學習走路此一令人驚豔的
壯舉。有些和填充玩具們與棒球手套
睡在一塊兒。他們不會成為
曾祖父母那一代
在處私刑的現場，販售水果冰的人。
也不會成為嚇壞了、聽任擺布的那人，
讓身體裡的張力鬆去，或
讓身體裡發狂的怒氣爆炸，

當群眾聚集。
　　　　　祕密，我的國家
病了。想想孩子，他們不管
會是什麼，就是未來，我想到
水上的光。雪片般的光
在黑水的表面，跳動、發亮，
溪流般的光在清晨的石頭上
潺潺流動、編著辮子。光中的光，因為
燃燒來自太陽，但「看見」
來自我們內在的一股泉水，
臨近起源的地方，西邊
黑暗落下的地方。

淺的光

它的音節始於
窗戶的冰冷。如貝殼如雪片

觸碰一切，光一般輕柔地觸碰。

特米尼車站的太陽眼鏡看板

它覆蓋住穴狀入口大廳的整面牆。
我不知道分屬眼鏡兩端的單一鏡片
專有名詞該怎麼說，但牆面那些六英尺高的臉上
每副眼鏡的每一鏡片都閃閃發光。
那年輕人的頭（頂著日晒變淺的
砂金色頭髮）斜斜向下，側著臉。
褐金色髮的女人與渡鴉黑髮的男人
（繁殖季的渡鴉，他向後梳的頭髮
亮得就像他們戴的眼鏡
鏡片中的光）眼神向上望向遠方，也不是
太遠的地方。他們該受讚嘆，
而不是讓某種讚嘆的態度困住。而
這不就是重點？看看冠小嘴烏鴉，
奧雷利亞別墅的花園中，牠們純粹專注
的身形，我納悶牠們獨處時的樣子，

當牠們不必那麼專注，因為花園
如此豐盛金色的果子牠們無須搶奪。
然後想：牠們理毛。當然了，牠們理毛！
啄啄尾羽根部的脂腺，平塗油脂在
羽毛與鳥喙上。於是我看懂了
車站廣闊黑暗的柏拉圖洞穴所見的景象。
如果知道生物閒暇時會選擇做些什麼，
你就會明白：超越必要性的，世界的意義。
烏鴉在採購太陽眼鏡。生命的起點不在
第一個細胞分裂，而在第一個多細胞生物
開始打扮自己。這也為我說明了羅馬——人們
採購太陽眼鏡兩千年了——
不是看板底下那靠著牆的托缽僧
老、虛弱、萎靡，他發展的是另一套思維——
因為重點是看起來要酷，也要讓眼睛

能承受瞬間強光當你浮出地面
瞪視頭頂那巨大、石質、蜂巢的圓形競技場，
越過那數千臺摩托車的聲音，
你仍然能聽見群眾驚嘆的喘息。

三個建築之夢

第二個夢裡我到伊利座堂[1]
尋求庇護，避免因為我未曾犯下的罪
而遭到起訴。夢裡
我充滿強烈的無辜感——
我是名父親，我有責任，
我能想像自己無比懇切地
（如果有機會）為自己抗辯，
但我卻獨自待在這寬闊、冰冷、回音不斷的教堂
裡頭有蠟油的氣味，警察
步步進逼，企圖逮捕我，但也為了拯救我，
因為他們確信我寧可自殺
也不願束手就擒。雨下得很大
教堂周圍的沼澤氾濫
教堂的基地形成了一座島
要接近它只能靠開挖渠道

疏通打著旋的積水。一組人馬
已經在巨大的弧光燈下開工，
我能看見那煩人的中年警員
監督著，雨水浸濕頭髮滑溜溜的，
一個壯漢，禿頭，體壯如牛
冷靜地、有方法地鏟著淤泥，
看似極具耐心，夢裡
我知道他就是我。第三個夢裡有個女人，
美麗的女人，衣服是亞麻的，我的妻子，
一間有許多玻璃門的屋子，許多窗戶
與植物，一切漆成白色。房間的另一邊——
我們在辦派對——我瞧見她朝我的方向瞥了一眼
給了我一個默契的微笑。她知道
我想去寫作，卻努力向周遭
說話的朋友端出愉快

專注的表情。她放下酒杯
走過房間來給我一個吻
帶點母愛地，就在耳朵底下的臉頰上。

1 位於英國劍橋郡。

寫一首因紐特雕刻家頌時發生的合理離題

因為它類似球形，也就是表面上任一點至中心皆距離相等的形體，
但它是實存的物體，並非球形，因為就實務面，不可能造出一個現實存在的物體，表面上任一點皆與中心等距，

帕布羅．聶魯達可能錯失良機，未曾向壘球獻上一首頌歌，

夏日夜晚無性向的月亮，被打擊之物引發夏日午後，一連串複雜的芭蕾，
舉手投足受到機運與規則的控制，

（就此而言他也錯過了足球 soccer ball，文明世界稱之為 football，後者
就概念上也許更具文化溝通性[1]）

（奧克塔維奧．帕斯[2]，你為什麼對躺在阿茲特克廢墟蹴球場周圍那些
近乎完美的圓石保持沉默？）

（熱天，乾燥的夏季草地有柏油加香草的氣味，藍腹蜥蜴靜止在石牆上，看似傾聽著從蒙特蘇馬[3]最後的幾個星期傳來的群眾的吼叫消失在遠方像火車的汽笛）

（普拉．羅培茲[4]，妳不該在墨西哥城擠滿新聞記者的酒吧裡求婚，尤其不該在每個人都吃飽午餐，喝過一些 caballitos，意思是小馬兒，意思是龍舌蘭 shots 倒進迷你陶瓷杯裡，當憂鬱的藍正要跨過難關、穩住腳步

那女人只愛看棒球，電視上或球場上的都行，因為制服使男人的屁股變成值得端詳的好東西；

甚至連我們這桌的女士們也為這提議發瘋，也難怪作家在下午三點後的墨西哥城工作幾乎沒有進展）

（是夜天氣轉涼，普拉，她又黑又捲、男孩子氣的髮型，虹膜閃亮是近乎完美的圓，她的眼睛看向天空，在庫埃納瓦卡[5]一間近乎怡人的巴洛克教堂，唱著帕勒斯提納[6]經文歌的女高音聲部，她流浪兒的或天使流浪兒的臉上不帶一絲嘲諷。）

這可以作為序言，放在一首推敲壘球的頌歌之前。或者帕勒斯提納的複音音樂。主題近乎完美。如果柏拉圖能為所欲為，如果地球是球形，而非近乎球形，它的繞行或許就不會搖擺，也因此沒有冰河時期，

你又要如何度過四年級沒完沒了的下午時光，沒有毛絨絨的猛瑪象與劍齒虎的圖片，作為地理書中值得端詳的好東西？

（既然都談到這個主題，你是否曾注意到，沒有任何冰河時期的恐龍圖片，所有的課本都是以一種極度熱帶標準的方式再現牠們的生活場域？）

冰河時期爬蟲類！我們離題太遠了，是不是？不是？想想壘球的白。想像一個世界兒童牙科與醫療照護如此健全普及，所有的成人，無論南北半球，至少在二、三十歲時都有一口近乎完美的牙齒。

這意味著（不是嗎）一種截然不同的財富分配。這才是我的重點。我們正被冰河時期的爬蟲類統治。

假使石油戰爭的循環結束，停發自動武器已經著手，因資源分配而起的仇恨戰爭衰頹，反抗貪婪獨裁政權的起義不再需要呢？

每個人都能玩壘球看壘球。

無預警冒出，一個近乎完美白天的月亮那是一個近乎完美的球形的壘球迴旋越過夏日青空彷彿它是某種崇高優雅的冰河時期海上巨獸馳騁在空氣之海，底下的她往上看，幾乎就像唱著帕勒斯提娜的經文歌，關於天使告訴年輕女子，她充滿恩典。

整個觀眾的世界聚集起來了，前傾，啜著啤酒（或不），啜著尚未發明的、薑混合茴香的風味飲料，有待我們創意無窮的同類設計出來，但它舒服而熟悉的嘶嘶氣泡早已直達鼻腔。還沒有人知道她是否會接住。她也不曉得。

但這是首讚美不完美的詩。恐懼中的自由，暴力中的自由，微笑的是那近乎完美的新牙的白，來自一隻未受騷擾的海象幼崽。

這首詩獻給老因紐特人與他們的雕刻工具，使海豚自美好的淡棕色老象牙[7]中（從前是白色）一躍而出。

1 除了美國與極少數國家稱呼足球為soccer、稱美式橄欖球為football，多數國家與國際組織都使用football作為足球的正式名稱。

2 Octavio Paz（1914-1998），墨西哥詩人、小說家，一九九〇年諾貝爾文學獎得主。

3 Montezuma，指蒙特蘇馬二世，他曾一度稱霸中美洲，最後不敵西班牙征服者埃爾南·科爾特斯，導致阿茲特克帝國滅亡。

4 Pura López-Colomé（1952-），墨西哥詩人。

5 Cuernavaca，墨西哥城市。

6 Giovanni Pierluigi da Palestrina（1525-1594），義大利文藝復興時期作曲家。

7 因紐特人使用海象牙作為雕刻的材料。

一個懸而未決的主題的三種論述

1

悲傷住在老屋裡。門廊
六十年來沒有油漆過，
但那兒仍有，你注意到，數滴
油漆在風乾的過程中被逮住
在掛鉤的底面，
過去它用來掛花盆，紅天竺葵
襯著灰色的樹林，而這麼多年過去了。
死亡在客廳候著
而你必須經過他們，你必須
展現某種決心然後走過他們
因為你的任務是清空房間，
報紙已經堆積如山。
你從舊紙張的氣味
與空的狗碗認出那房間。

年復一年的舊報紙
用麻繩捆成一落落，盧西塔尼亞號
的沉沒，人類在月球上漫步[1]。

2

別跪著了，你必須站起來。
你的醫療紀錄不是現在要討論
的問題。的確，你值得
更好的對待，各種人
各種場合，而那
無疑是條雙向道，
你在前往考場的路上，
題目是四大自由[2]，而如今你已經
想不起來哪個是第一種，免於匱乏的自由

還是免於恐懼的自由。
你記得教室的鐘
與木頭桌子，凹槽
可以用來放鉛筆。你十分確定
第三種是言論自由。
當時這在你看來很合邏輯。首先，
有東西吃，然後外頭沒有強權
恐嚇你。又或許
你應該先確保安全，然後溫飽。
還有第四項，但你
完全不記得了。或許是醫療。

3

有些人去賞鳥了

夏天的早晨，有些在睡覺。
這荒廢的小鎮
有間縫紉機店，裡頭滿是
一列又一列的報廢機器，
有幾臺還能做洋裝。你
站在那兒而我量身。而
運動用品店裡，舊皮革
與牛腳油[3]的氣味
如此強烈有些人甚至聚成一團
哭泣。扔過來。幹得好寶貝。
這是餐廳。你在
室外雅座或吧臺邊的旋轉椅
用餐。菜單上有張畫，
一個魁梧快活的男人
鬍子像一對鳥翅膀。

你爸爸點了洋基燉烤肉，
你媽媽點了比目魚排。
就照老樣子，你爸說。

1 一九一五年盧西塔尼亞號遭德軍 U-20 號潛艇擊沉，一九六九年人類首次踏上月球表面，兩個事件橫跨五十多年。

2 由羅斯福於一九四一年國情咨文演講提出，世界各地的人們應該享有四項基本自由：言論自由、宗教自由、免於匱乏的自由、免於恐懼的自由。

3 採用牛隻脛骨的脂肪萃取物製成的皮革保養油。

二月筆記本：雨

在我常去打野鴨的日子裡，季節總是結束在一月的最後一天，我們通常會去打獵直到天色暗到無法看清楚。這個時刻存在某種濃烈的東西，當太陽落至地平線之下，天空轉為玫瑰色，而最後的野鴨——在這個時節，通常是綠頭鴨、帆背潛鴨、赤頸鴨或桂紅鴨——向南遷徙，似乎不大情願，牠們冬季的覓食區遠在墨西哥。晃動的群鳥消失在視線中，黑暗將牠們一一接走。上個世紀初某個天才在柏克萊山上種滿了李子樹，李子開花在日本詩歌中往往象徵了最初的、還結著冰的春天的來臨。柏克萊的氣候顯然很適合它們，每年二月中以前，街上總是浮蕩著白與粉紅（多數是粉紅）的花朵，看來就像掛在半空，保持冷冽與精緻的平衡，直到此季的某場暴雨從太平洋直衝而來將它們摘下。如果暴雨發生得較早，李子樹就會再度短暫地一絲不掛。如果晚一些，新葉早已散發銅色的光輝，天氣開始和煦、榲桲逐漸開出鮮亮的紅花。有一年，目送野鴨們消失後，我開車回家，經過我家那條街（它是某個小山頭一部分的冠羽），車頭燈在一瞬閃光中，捕捉到枯樹上最早的李子花。最後的野鴨，最早的花。日子將一天比一天長。

：在體育館

每具身體
奇異或美麗，奇異
而美麗，各有擅場。

：

暴雨搧著窗戶耳光，
鞭打窗戶，
海浪般一波接一波，從舊金山灣
與更遠的太平洋啟程，彷彿說著
我就是能量，我在這裡。
當天空放晴，

雨水涓涓細流，在橡樹葉間，
從冒新葉的繡球滴落。

•：

二月：問題

比欲望更古老的是什麼？
枯樹問。
悲傷，天空說。
悲傷是條河
比欲望古老。

•：

二月是淨化[1]的月份。

我們沒有那個節日。

•

一段回憶

黃色鴨子大大的、高興的眼睛
從你女兒的雨靴
向上看著你
就在大門口的地上
靠近廚房。

•

淨化：想要
終止欲望的欲望

是一種欲望。

一則觀察：

　年邁的藝術史學家——
我沒看見他在體育場
　再也不見

又或者——
　年邁的藝術史學家——
我沒看見他在體育場
　這些早上

歌

從前我在步道上常看見她，
她直挺挺的背，她流水般的頭髮，
然後她成了記憶，長存我心。
聖瓦倫丁，聖瓦倫丁。

軟，她的嘴唇，美酒一飲。
她軟軟的嘴唇，美酒再飲。
聖瓦倫丁，聖瓦倫丁。

繩套 2

它們磨壞了。
有一陣子你用口水替代
然後買了新的。

・

霧氣燒盡

在這灰色的日子，上午要對下午
說些什麼？「喏。」它說。
「喏。」就是上午對下午所說的話。

・

早晨：中旬

粉紅的天空，破曉，
一隻蛾白的月亮
剛過滿月。

•

靜坐的好處

窗邊的老楓木椅子
（即使在川普的任內）
冬陽中折出一點點光。

•

筆記

拉古尼塔斯溪[3]，久雨過後
是咖啡歐蕾的顏色：

一隻紅頭、橙嘴的川秋沙
在奶一般的水中留下陣陣船痕。

•

二月的問題

什麼是至善？雨問。
孩子。孩子們是至善。
起泡沫的水溝說。
季節呢？

街上的水坑問，鏡子般照出
雲朵的經過。
　不。
雨說。當下，雨一面說
一邊落下，街道上
雨珠從雨珠裡躍出。

●二月的大峽谷

鏽、玫瑰、鮭魚的粉紅色，淡金色，
菸草棕，
　峽谷的深處傳來
冰冷的強風，一陣寂靜
難以想像的古老。

然後是尖銳的叫聲
一對烏鴉乘著上升氣流
冬陽中。

1 古羅馬人在每年二月十五日舉辦牧神節（Lupercalia）以淨化城市，帶來豐饒與健康。二月（February）的名稱即源自淨化儀式所使用的法器 februa。基督教引入羅馬後，牧神節演變為聖瓦倫丁節（Valentine's day，也就是今日的情人節），日期也提早至二月十四日。

2 Aiglet，塑料或金屬製成的小護套，常用於鞋帶，防止鞋帶或繩子的纖維散開。

3 Lagunitas Creek，位於加州馬林郡。

謝拉的夏日風暴

風暴來時，世界變成銀色的——
一陣突然的銀綠。

不確定該用什麼動詞描述三角葉楊
在一陣幼主的風中。

樹幹絕稱不上筆直，葉子
在樹枝上跳躍又發抖。
在樹枝上顫動。

松樹，比一小時前更幽暗、更墨汁的綠，
當閃亮松針與第一道光結黨，
與還沒跳下池塘的積雨，
與風，光是猛搖白楊
還玩得不夠過癮，

松樹知其所知，不為所動，

樹幹隱約地晃，樹枝
輕微地擺，彷彿向某個無足輕重的諸侯國
派出的大使致意。時間晚了——
或說是晚的範圍裡偏早的部分——它們歸屬
古代的世界，看似刀槍不入，
但事實當然並非如此。它們
全然掌控天氣，卻不是氣候的主人。

旅館房間

白牆，角度俐落
師法現代主義——
——形式就是功能！華特．葛羅培斯[1]，
威瑪，一九九二。

工匠將薄薄一層
雜色的灰泥敷上石膏板
使裸露的牆面形成一種
質地的手法稱為「面漆」。

角度俐落，白牆——
效果是（一百年前
就被設想過了）
井然有序、沉著。

而某面牆上
　素白框中的單刷版畫
　　三枚蕨類化石
　　「肉眼可見最古老的
陸地植物化石
　發現於愛爾蘭
　　可追溯至志留紀中期」
　　——蕨類稍晚出現，石炭紀
且兩側對稱
　就像要發明一種可能性
　　兼顧井然有序與抒情，
　　就像要，趕在哺乳類之前，

發明翅膀。另一面牆上是
　畢卡索的〈唐吉訶德〉。實際上，
　　它只是白紙上一些
　歪扭潦草的黑線。

手畫一個圈的動作
　就是太陽了，快速的短線是地平線
　　——偉大的唐吉訶德三筆完成
　再多個幾筆，他就騎在馬上，

而桑丘（身體
　是容易受騙的僕人
　　跟隨靈魂）是可親的一團線
　和太陽的形狀相同。

遠方的風車
是欲望，我想，
但到那還有好一段路
而騎士們並不趕時間。

1 Walter Gropius（1883-1996），德國建築師與教育家，包浩斯的創辦人。

夏季鮮花的大花束，或想像力的寓言

給陳黎

你只能在特定的早晨遛限定
數目的狗。比如，十二。一手拉
六條繩子。或一手六條，一手五條
若有一條繩子是一分為二的款式，
牽雙胞胎鬥牛犬。我不知道在中文或斯洛伐克語
稱狗為雙胞胎會不會很怪。
因為人類通常一胎只生
一個孩子，一對
是稍微不尋常的，英文 twin（雙胞胎）這個詞
有種奇異的光輝，儘管頗為隱微，
這些成對的人兒行走在世界上
彷彿是一次光燦鏡反射的

受害者與受益人。而既然狗
一次能生下許多後代——英文裡我們說 litter
俄語裡也想必也有個對應的詞
它也能通用於許多哺乳類物種——
亂生一通[1]的豬、貓——套用那有點陰森恐怖的
雙生氛圍在狗身上似乎不大對
（儘管有個法國精神科醫師將之套用在
意識上，主張我們被一個充滿挑釁的知覺
附身，甚至由它組成：我們的內部
存在一個無法觸及、雙生的他者，當我們察覺
隱喻中的陌生時，它負責製造小小的驚愕感，
也因此，翻譯感覺不像雙胞胎。）
想像你走在英國鄉村的小巷
周遭皆是半木造、茅草屋頂的房子
教堂墓地旁的牧師住所

有老虎窗，一棵憂鬱的紫杉。
更遠一點的是這趟散步中最難描述
的部分，一扇老木門，多有磨損
但剛剛油漆過，通往一座神祕花園。
如果你想像那扇門是藍色的，你會結兩次婚。
我很遺憾你的第一段婚姻演變至此。
如果當時你更有自知之明
至少能做得比上次要好一些。
但還記得夏天剛開始，
你和身邊的他或她早起的清晨？
如果你想像那門是橘色的，你的女兒
會嫁給一個魚販。很難想像我知道
那雙靈巧的小手（你多喜歡它們
忙著剪紙雪花的樣子）
長年浸泡冰水而變紅變粗糙，

但她已經漸漸習慣那些鱘魚
的死眼。她的老公是義大利人，有點
火爆，但基本上是個好人，而且
他們過著不錯的生活，付擔得起
孩子的學費、旅行等等。事實上此刻他們正坐在
翁布里亞山頂，一間咖啡廳的白桌子旁
喝著一小杯濃咖啡，眺望
橄欖的矮樹林，並不約而同感到
（儘管他們或許不會「把每個字都說出來」）
自己正享受著人生。絕大多數的語言
可能都頗難說明「把每個字都說出來」[2]
這樣的表達，所以最好還是
跳過它吧，但我確信存在對等的說法。
想像門是紅色的，你長子的女兒
將成為一個奇特漁村的鎮長，

在普吉特灣。她遺傳了（跳過你兒子的）
可愛基因。她有三個小孩，
精熟草地曲棍球與足球的
詞彙，在鎮上備受愛戴且擅長預算控管。
穿著雨衣的是她，走過港邊
老舊的漁獲碼頭。她太忙了，老實說，
對心理治療也太漫不經心，但這就是她想起
深愛的父親時會去的地方
（不管你聽過什麼其他評價）。
一片水彩的金色在河的臉上。在西語裡，你能說
河有一張臉嗎？她抖落刺骨的悲傷，
以聳聳肩的方式，或一些半無意識的
顫抖。走回辦公室，
她經過那個遛狗的女人。有點滑稽。
她一手掌握兩隻黑拉不拉多、一隻黃金獵犬、

一隻精瘦的總以為自己很大隻的小梗犬，
另一手是一隻大麥町、一隻獅子鼻的博美、
以及一對乳白色的鬥牛犬。好多搖擺的尾巴，
好多刺激，好多欲望四溢的聞屁眼。
你的孫女暗自發笑，那女人
看起來還真像她，幾乎是一個模子刻出來的。
開始下毛毛雨了她豎起領子。她注意到
遛狗的那人懷有身孕，笑著心想
每個人都要找到自己過活的方式。她不覺得
（當然）那遛狗的人是個超級大騙子。
她不會這麼想。她傾向不以那種方式看世界。

1 產下一窩幼仔，litter 也有雜亂之意，故譯為「亂生一通」。

2 in so many words，指直接、明確的表達。

自然筆記 2

兩株幼杉苗，
一株死了。伊俄！伊俄！[1]
——蓋瑞・施耐德

一隻褐頭的牛鸝在烏鶇之中
烏鶇披著虹光的繁殖羽。
無法交配但成群行動是安全的。

清晨的空氣「被天使們洗乾淨了」[2]。

即，棉花的籽在陽光中浮動。
蓬蓬的棉花屑，飄在溫和的早晨微風之上，
在風的水流中翻幾個筋斗，
數以百計、千計，陽光點燃、

打亮空氣，一隻土氣的少年烏鶇上方，
牠的嘴張得大大的嘴你可以看見
喉嚨是夕陽的橘色。
然後一隻成鳥移駕，
以牠「烏鶇—埃及橫飾帶」的步態走來，
將某物吞進嘴裡。
一小段蠕蟲，我推測，
或一隻閃亮的小甲蟲忙著牠閃亮甲蟲的事
直到上一刻。

人類研究萬物。甲蟲
的排泄物。烏鶇鳴唱的聲學生態位[3]，
棉花的縱欲過度
當它們向空中傾倒成千上萬的籽。
我知道發芽的條件是，籽必須降落在

潮濕的沙質土。高山小溪
彎曲處的沙洲就十分適合。
機會非常渺茫，因此唯有大肆揮霍，
樹得以存在、存續。松樹下肝臟傘蓋的蘑菇
是真菌類的子實體，它們
將菌根公平地深入地底
吞噬線蟲（微縮的
蟲一般的生物：人類研究萬物）
獲取養分。不知道
線蟲吃什麼，但它必然也得吃，
順著層級與尺度而下直到電
與刺麻發出刺麻。
清晨的空氣被天使們洗乾淨了。

取自一堂晨間演講的資訊：我們將受傷的軍人
從戰場運送到醫院
技術如此純熟，能讓失去一隻手臂與雙腳
的軍人活下來並寫紙條給護士
因為他的喉嚨也被摘去了。

昨晚的閱讀：一名詩人描述她酗酒的叔叔，
沒照護好自己，英年早逝。
他是那個，她說，理解她、懂她的人。
她為這初次體驗的大人的傷心寫了點詩。
他喜歡閱讀星空，教她辨識星座，
像他這樣的好人，把自己搞壞而自己似乎也
無能為力。她看著他死去，
無助地愛他。尋找詞彙是詩人的工作，
儘管或許，她說，是透過書寫其他東西，

可能是夜空，可能是天琴或大熊。
這個早上池塘映著池畔的柳樹。
微風撥弄柳樹枝，
弄縐水面，
製造出一種深綠、淺綠、柳樹調的
黃綠水彩顏色
在眩目的空氣下，覆蓋水池。

1 出自《神話與文本》。

2 語出里查·威爾伯（Richard Wilbur, 1921-2017）的詩作〈愛喚我們到世界萬物面前〉。

3 聲學生態位假說認為，物種間的競爭會促進不同物種發出的聲音，在時間和頻率上出現分化。

另一把夏季鮮花花束，或道德的寓言

一支直挺的鳶尾花在乾淨的玻璃瓶中
鬱金香，總共七支，
桃子色的花瓣，它們過重的頭
垂下來就形成
綠色小瀑布。這麼形容好像不大對
那些花瓶中的花
斜倚，綠色的莖纏結，綠色的鞘形的葉
像髮絲垂落。奢華的髮絲。這是早年，
因此引起你注意的是水，
乾淨的瓶中乾淨的水，
在窗臺上。後方是一座綠湖
今年水位較低，溪畔的柳樹
倒映水中而水面非常平靜。
無風的早晨。近七月。
池塘後，草攀向光裸的灰色岩石

山崖。水現在如此珍貴
我想起那些荷蘭的靜物畫家，擅長
畫植物上的水珠。
我想像某一位，清早就待在他有些窄仄的工作室。
有件委託必須完成。他喜歡展覽，
當群眾向他的畫作傾身，驚嘆
它如此栩栩如生，那水滴，小而圓近乎閃爍著
的稜鏡。他已經工作了好幾個小時。
當他在藍色的繡球花瓣塗上水珠，
他能聞到廚房烤香腸的辛辣氣味。
我們需要水但在冬天到來前都得不到它。
當雪開始快速地拍翅降下
池塘與山坡，
快速地、更快速地下，濃密的，
白色的模糊似乎要擦去池塘、山坡。

約翰・繆爾[1]，一個夢，一座瀑布，一棵山梨樹

我手上有兩段文字要讀。
第一段描述我童年的廚房，
沉著而井然有序的散文下，
某物正瘋狂地拍打牆壁
像隻被捉住的蝙蝠。另一段文字包含了一扇小門
你能壓低身子爬過去。它通往
一座峽谷的山脊，你能從那裡俯瞰
果園。我知道那是謝伊峽谷[2]，
知道基特．卡森[3]與他的手下將前來
摧毀果樹，它們沿著西班牙人稱為 aquecia[4]
的灌溉渠道整齊行列。
醒來時感到反胃——身旁是妻子
輕柔的呼吸。外頭廣袤的謝拉幽暗且靜寂，
靜寂的天空灑了一把閃亮的星星，東方
虛弱轉亮。你想，都過了六十幾年了，無意識

會給你一點喘息空間。但它說，
這是推動你的故事，恐懼與悲傷的小引擎。
這是（幾乎是對稱的）世界不可言說的
殘酷。再過一個小時塔霍馬[5]的市場就要開了。
我就能開車越過糖松林。買咖啡，
買報紙。今天的計畫是爬艾力斯峰
看看能不能找到我們去年見過的
山梨樹、樹上一簇簇金色的漿果，
步道斜坡在那裡逐漸平緩，
小溪流淌像一張銀色的床單
橫越層層花崗岩後變成火焰般
的白水花，躍下峽谷，
躍入約翰·繆爾心目中的喜悅，或其在人間的模仿。
很棒的健行，大部分是上坡。能使我們筋疲力盡。

1 John Muir（1838-1914），美國早期環保運動的領袖。他所書寫的關於內華達山脈的描述，被廣為流傳。

2 Canyon de Chelly。

3 Kit Carson（1809-1868）。一八六三年卡森在卡爾頓准將的指揮下，向拒絕遷徙而躲進謝伊山谷的納瓦霍族人施行焦土政策，摧毀他們的作物、牲畜和村落。

4 西語，水溝。

5 Tahoma，加州埃爾多拉多郡和普萊瑟郡的一個人口普查指定地區。

擬雪迪[1]

敘利亞的某個村莊裡，一臺汽車爆炸，三十七人死，全是平民百姓，五十餘人受傷。

這次攻擊「導致村裡大量房舍與建築損壞」，報導說。它是「一座由政府控制的村莊」，某個叫伊斯蘭陣線的組織（被描述為「數個激進遜尼派團體組成的傘狀聯盟」）據傳應為爆炸事件「負起責任」。他們發布了爆炸的影片。急著宣稱犯行的舉動，使我感到徹底厭惡。

我說汽車爆炸，但它顯然是臺卡車，裝滿三噸的爆裂物，他們得先將炸藥弄到手、裝配上車——某個人必須知道該怎麼做——網路上可以查到操作指南，也有指南教你用手機控制計時器引發爆炸——某個人必須做那件事——在怎樣的心理狀態下？自從叛亂開始，敘利亞有十六萬人死於汽車爆炸案，那兒必然有一群專家，對自身專業相當自豪，旁人讚嘆圍觀；或者那是名年輕人，對這項任務還很生疏，旁人在清早的熱力下緊張地出餿主意，他全神貫注——「量兩次，切一次」[2]，木匠守則的有條不紊通用於任何危險的身體工作。某人必須開那臺卡車，可能是一個小組，看上去最最普通就好，幾個男人一車，再把車置於那些人——引爆時是晚上，所以伊斯蘭陣線發布的影片中能看見遙遠的爆炸點燃了夜空。那個村莊一定是什葉派或阿拉維派。我想像敘利亞，就像伊拉克或阿富汗，已經發展出一套公衛制度，收集斷臂殘肢，小隊穿著整齊戴著醫院裡使用的白口罩。我想它們被稱為外科口罩。

我想起蛋頭先生[3]——「國王手下馬與人」[4]——那些衛生隊員，撿起手、腳、不大能辨識的肌肉與皮膚團塊，戴著特殊手套，抬起傷殘的軀幹放入屍袋並將掉出的腸子也鏟進去，他們是國王手下的馬與人，再也縫不回原狀了。

一首雪迪的散文詩如此開始：「媽媽，我們去放紙船。當你還是小孩的時候，也摺過紙船嗎？」我想介紹我其中一個孩子出場，盡可能不感情用事，他大概四五歲，還吸著大拇指，但只在睡覺的時候，他看著《鵝媽媽》大書，平和專注中帶著某種中性的著迷，但這也可能是因為他快睡著了。盯著那穿背心的大大的蛋，表情驚慌，正要失去平衡，他聽從的——不是道德，而是觀察。這事孩子們一定早就知道了，但把它說出來仍然很好：蛋頭先生拼不回。

比他更小的孩子，還坐兒童高腳椅，喜歡實驗性地將盤子與玻璃杯掉在地板上。我的孩子，在摔碎盤子與杯子後（有時的確會摔碎），會說「歐噢」。不是為了表示關心而是陳述事實。

你以為人們會急忙宣稱自己沒有殺害一大群「過著平凡生活的人」。我自然認為他們是群病態的狂熱分子，不是戰士。對於在帝國統治下享受著舒服夏夜的我，說起來倒容易。更何況還是夏至的夜晚。離那個村莊不遠：尼布甲尼撒[5]的天文學家們在那裡計算出天體壯麗的運行，並發明了一年有三百六十天。

在此插入一段關於非對稱作戰[6]的長論述。那場屠殺的策劃者很可能不是生手。設計者可能是伊拉克的遜尼派軍官，來自被美國解散的軍隊，某個擁有工程博士學位、研讀過游擊戰相關書籍。

「我的至聖所，」當被問及宗教與政治信條時，契訶夫醫師寫道，「是人的身體。」

一九八二年的哈馬[7]，敘利亞軍隊——現任敘利亞獨裁者阿塞德的父親待過的軍隊——屠殺了千名反抗政府的遜尼派信徒。

靠近哈馬的和拉村[8]，曾以水車聞名，共十七座，最早可追溯至拜占庭時期。

水車似乎是在埃及發明的：「某卷法雅姆[9]出土、可追溯至西元前二世紀的莎草紙，提到一座用來灌溉的水車。」肯定是用木材搭造的。村裡的人肯定很喜歡去看那些木工，水車肯定是以榫眼與榫舌搭造的。我不知道他們會不會因為輕而使用杉木，因為強韌而使用橡樹。選項可能是——敘利亞沒有太多森林——Cedrus libani，黎巴嫩雪松，或 Quercus calliprinos，巴勒斯坦橡木。

在敘利亞，有個英國的人權組織記錄著或試圖記錄著暴行。冒著相當程度的風險。但死者需要被埋葬，被記憶。我們並非無計可施。想像力不能放棄。

有那麼三十七個人，正在街上購物，我猜，在咖啡廳裡喝茶。他們各自人生的待辦事項，在即將炸成糨糊的人腦中發射著電子訊號。

墓葬地的儀式行為，是證明人類物種在地球上出現，最古老的考古學證據。仍有方法使我們不放棄道德。從最一開始我們就知道要照管死者。

一枚小孩的顱骨被保存在烏克蘭草原的泥炭裡。彎曲的羊角被安放，圍繞著小小的身體。

1 雪迪（1957-），中國詩人，原名李冰，生於北京。天安門事件後赴美國布朗大學任教。

2 三思而後行的意思。

3 Humpty Dumpty，《鵝媽媽童謠》中的人物，也出現於《愛麗絲鏡中奇緣》。

4 整首童謠歌詞為「蛋頭先生坐牆頭，摔了一個大跟斗。國王手下馬與人，蛋頭先生拼不回。」

5 尼布甲尼撒二世，迦勒底帝國最偉大的君主，在首都巴比倫建成著名的空中花園，毀壞所羅門聖殿。

6 軍事術語，指軍力弱者對上強者的戰爭中，如何取勝或達成戰鬥目標的學問。

7 敘利亞城市。

8 village of Hora。

9 位於埃及中北部，埃及最古老的城市之一。

跳舞

喀，打開收音機——可憐浮腫的亞美利加，
老早就起床，忙著販售令人疲倦的
快樂的義務，同時斷斷續續地辯論
購買自動武器並在
五分鐘內用它殺死五十個人的人
算不算心裡有病。算不算恐怖分子。或
恐怖分子是否算心裡有病。因為，若以精密武器
奪取大量人命是疾病的徵象——
你可能會以火作為開始，我們初代的祖先們
受它的溫暖吸引——來自閃電，
必然有巨大、隆隆的閃光
從天而降，樹木乾枯、嗞嗞作響，
必然有股駭人力量，臭氧的氣味
是天神的氣息；草原大火，
風揮著鞭子，動物逃竄，

瘋狂，因恐懼而賣力驅動臂部，
以致用點燃的木頭、老樹幹搭營火，
必然感覺像吃著天神之力的
碎屑，而他們說著盜賊普羅米修斯的故事
老鷹在他的肝臟上大開宴席，
在營火邊說著故事，必然如此，
然後——百年、千年——某些
一絲不苟的採集者，某些藥女
或金屬工匠，發現了某種沙
投入火中，會燒出藍色綠色的火焰，
簡單得孩子都辦得到，必然如此，
某些柔軟的石頭捏成粉末投入
火中，放出一陣白色的磷光。
chemistry（化學）這個字源自希臘——也有人說是阿拉伯——
與金屬工作相關的字根。但是在中國，

煙火於兩千年前被發明——
火與礦物在受限的空間中產生力量——
人們已經通曉火力、水力
與蒸汽之力——西元前一百年，凱薩大帝的年代。
在亞歷山卓，一名希臘數學家製造出
蒸汽渦輪引擎。填充，爆發。
「最早有關火藥武器的描述
來自敦煌，十二世紀中期
一幅繪於絲絹的火槍畫。」絲綢與絲路。
第一把阿拉伯槍於十四世紀早期出現。英國
使用的大砲與攻城槍在一三四六年的加萊[1]。
切里尼奧拉[2]，一五〇三年：第一場由步槍力量取勝的戰役
西班牙的「鉤銃」在南義大利的戰場上
削平瑞士的矛兵與法國的騎兵。
（血與煙的爆炸，鉛彈撕開

馬匹與年輕人的肉體，多為農民，
農家男孩們被他們的封建君主徵召入伍。）
槍枝如何進入北美洲？二〇一四年，
頭條：潛水員發現聖瑪利亞號[3]
船隻配備的一座倫巴底大砲可能
被野蠻的海盜搶奪，沉沒於海地的暗礁。
而寇蒂斯[4]則將六百個人、十七匹馬、十二座大砲帶入墨西哥。
拉薩勒，一六九七年，建造了七座大砲的三桅帆船
葛萊芬號[5]，第一次進入大陸內部就發射大砲。
天色因為鳥兒的驚恐而暗了下來。
即使到了睡眠時間，牠們仍不斷上升，群聚，
遮蔽天空，牠們嘹唳的合唱逐漸尖銳
有如第一次爆炸震驚的回聲在水面
顫動，船員愣愣望著鳥兒振翅的風。
春田兵工廠，一七七七年。岩島兵工廠，一八六二年。

原版亨利步槍：十六發子彈。點四四口徑緣發式
杆動式槍機，後膛槍取得專利——那是二流發明家
的時代——一八六〇年，被一個叫班傑明．泰勒．亨利的人發明，
剛好趕上南北戰爭。邦聯[6]的傷亡人數：
大約九萬五千人。聯邦[7]的傷亡人數：
大約十一萬人。填充，爆發。他們把沙
投入火中，藍焰，白熱的綠焰。
馬克沁機關槍，一九一四年，每分鐘四百至六百發
小口徑子彈。交戰造成的死傷，所有陣營，一九一四年至一九一八年
共八〇四二一八九人。有人做著計算。必然如此。
他們能用滾水把東西呼嘯著送上天空。
火邊的孩子們必然快樂地尖叫。
一九二〇年：伊拉克，那裡的人民「很倔」，
受英國統治，年輕的溫斯頓．邱吉爾
發明了「空中治安」的新政策，而它相當於，

消息表示，轟炸平民再派遣地面部隊
安撫他們。這導向二次世界大戰恫嚇平民人口
的戰略。那場戰爭的總體傷亡，
全世界：士兵，兩千一百萬人；平民，兩千七百萬人。
他們把沙投入火中。從天上偷取閃電的祖先
得讓老鷹吃掉內臟。
在岩石上攤開四肢[8]，大鳥開動。
他們心想那人到底算是恐怖分子還是心理有病。
倫敦，德勒斯登，柏林。廣島，長崎。
傷亡難以估計。廣島：
六萬六千人死，七萬人傷。一分鐘內。長崎：
三萬九千人死；兩萬五千人傷。更多人，
十萬人，被更恐怖的方式奪去性命
於東京大空襲。塵埃落定後兩隻手臂在賽跑。
其他工業強國趕不及抵達。填充，燃燒。一枚飛彈

的橫衝直撞將於過程中
毒害土地，燒毀人命成千上萬。
他們心想他是不是瘋了。如果他是
恐怖分子，他可能只是不大開心。接下來的
挑戰是如何製造，一個男人或男孩
能背得動的機關槍：輕量，緊密，容易組裝。
先是一名擅長槍械的俄國中士卡拉希尼柯夫[9]
成功複製的一把德國槍。然後是重機槍，
歐洲帝國主義的武器，有了它
幾個經過火砲訓練的人就能屠殺當地的軍隊
非洲，印度，與阿富汗的崇山峻嶺，
一把「小孩子就能操作的可攜式武器」。
制衡者。槍械匱乏的越南叛黨也
擊退了世界最強的軍隊。阿富汗也
擊退了蘇聯軍隊即便他們擁有ＣＩＡ提供的

卡拉希尼柯夫自動步槍。他們把粉末投入火中
跳舞。非洲的兒童軍隊手持 ＡＫ 四七
每分鐘能發射三十發。一發就是一粒子彈。
地表上估計有五億具火器。
其中有一億屬於卡拉希尼柯夫式半自動槍。
他們在奧蘭多的酒吧跳舞。春天的夜晚。
同志驕傲。總傷亡人數與武器史的關係，
那武器將爆炸金屬送進他們身體——
每分鐘三十發，或四十發，是把優美打造的工具，
在美國你到處都能買到——送進那羞辱文化的歷史
而其生產出同志驕傲的概念——
他們多數是年輕人，他們在酒吧裡跳舞，
春天的夜晚。喀，打開收音機。綠火。藍火。
眾多受驚的群鳥仍飛升
一波又一波在水上在睡夢的時刻。

高聲尖叫，當法國的船隻向新世界廣大的內陸挺進。亞美利加。一具收音機打開。評論者正說到，該對那些阿拉伯人下點重手了。跳舞。

1 Calais，位於法國北部。

2 Cerignola，位於義大利南部。

3 哥倫布首航美洲艦隊三艘船中的旗艦。在海地發現的沉船，後被證實並非聖瑪利亞號。

4 Hernán Cortés（1485-1547），活躍於中南美洲的西班牙殖民者。

5 Le Griffon。

6 南方的美利堅聯盟國。

7 北方的美利堅合眾國。

8 spreadeagled，攤開—老鷹的。

9 Mikhail Kalashnikov（1919-2013），蘇聯槍械設計師，以設計 A K 系列突擊步槍聞名。

克里奇[1]筆記本

1貝克斯菲爾德[2]，一家巴斯克餐廳

二〇一〇年，一月二十五日，星期一

離開柏克萊大約是一點鐘，向南開，
然後在一陣小雨中向東，山丘青翠，
芥菜花——春天的第一個徵象——尖酸的黃
沾染在阿爾塔蒙特山口的坡面。
　　美國的超級盃週日——
路上幾乎沒有車，
我們間續聽著球賽，為彼此朗讀
布蘭達正在教授的《埃涅阿斯紀》。Arma
Virumque cano[3]五號公路沿途，輪耕單一作物
形成的「農業沙漠[4]」，也頗有它
自己的美，幾畝葡萄藤

經過修剪，平躺在十字形的架子上
而十字是為了擔負，我猜，山谷出產沉甸甸的巴貝拉葡萄。
濕潤的冬季，葡萄藤是紫色的
與橙色與玫瑰色製造出壯觀的對比
太陽正從聖露西亞山的背後落下。
還有一排接一排赤裸的杏樹，
還有向地平線伸展，遠方
一座雪峰，綿羊在山腰吃草
天色初初暗下。

停車

剛過日落，貝克斯菲爾德，
五八與九九號公路交接處，
入住汽車旅館，然後開車去
尋覓晚餐，避開連鎖店，
在老舊的購物商場遇上一塊招牌

寫著班吉的法國—巴斯克餐廳。想起法蘭克．畢達[5]
寫的〈黃金州〉。當然，貝克斯菲爾德是
巴斯克的而我又想起大學時代去過的
北灘餐廳——正午酒店與阿爾卑斯餐廳[6]，
據說來自謝拉東部的巴斯克牧羊人
造訪這座城市時都會在此投宿，
餐廳備有寄宿學校式的便餐，兩美元一份，
如果你想要紅酒就付三美元，紅而濃烈，
壺裝，用果凍杯[7]喝，喝完還可以續杯，
正如某個朋友所說，喝到你站不起來為止。

　　用餐區與酒吧裡，
用餐區空蕩蕩的只有一對老夫妻
寥寥數人在吧檯邊看最後一節球賽
聖人對上維京人。吧檯後的班吉，年紀和我相仿
或大我一些，灰髮、

英俊，非常巴斯克的臉，扁平的頰骨、
鷹勾鼻與表情生動的嘴巴。他問
我從哪裡來，我說灣區，
他說一九六〇年代他在舊金山百老匯大道上
某間餐廳做過廚師。我說，正午飯店。
他微笑說，對！來到這裡，
我有一些親戚，就把店開起來了。
酒保，子彈頭的年輕人，禿頂，
留著黑色的山羊鬍，他押在今晚看起來
會輸的聖人隊上。班吉（與布蘭達）
支持維京人因為他們資深的四分衛被揍得
落花流水。兩名女服務生無事可做
不時進來看看比數並安慰
酒保。班吉說正午飯店確實是個地方，
萊尼・布魯斯[8]經常光顧，邁爾士・戴維斯、傑克．凱魯亞克也是。我說，你認識凱魯亞克？
他說，傑克是個心胸寬大的好人。
但他酗酒的問題可大了。球賽
在一次漏接後翻轉，聖人隊在
延長賽中獲勝。酒保——麥克——向吧檯那頭的
兩個老傢伙討他贏來的錢，請我們
一人一杯酒，和女服務生把剩下的分了。
年紀比較大的女服務生，染一頭龐克黑髮，
說，你們最好在廚房休息前點餐——
原本廚師已經出來，看看外頭的大呼小叫
是怎麼回事——當我們向用餐區移動，
他回到廚房。
端上桌的是，來自四十年前
家庭式的巴斯克盛宴：首先是蔬菜湯，
加了很多包心菜，搭配烤豆子，

攪進湯裡的辣味番茄乳酪糊，
小巴斯克麵包，然後是羊肉烤串與
一盤盤玉米、薯條、綠色沙拉
醃漬的牛舌切片。太豐盛了
而且每一道都很不錯。廚房的員工
也加入酒吧的慶祝。我們的女服務生，
米凱蕾，忙進忙出，與布蘭達比較
鍊金術符號的刺青。想來點咖啡、新鮮水果嗎？
我們說不了，謝謝，一點咖啡就好。喝完，
向班吉、麥克、米凱蕾道晚安。電視上，
賽後訪問也漸漸告一個段落。
回到希爾頓花園酒店，一晚
九十九美元含歐陸早餐。

　　這是第一天。

2 直衝拉斯維加斯

一月二十六日，星期二

開上五八號公路駛離貝克斯菲爾德，
一路向東——平坦的谷地，公路兩側皆是
一畝又一畝的柑橘林（與《唐人街》[9]裡的鏡頭如出一轍），
昨夜的雨使葉子閃閃發光——竊取自
歐文斯河的水孕育了這片果樹，
金色加利福尼亞的田園詩——從它們之中浮出，
橫越特哈查匹山[10]時經過一幅雪的拼布與
灰色的岩石，山腰上光禿禿的麻櫟
上上下下，不是生病就是
正值落葉期。矮松靠近山口
海拔約四千五百英尺[11]，然後一陣陡降

直至大片貧瘠的高地沙漠（地圖上叫它「惡魔的遊樂場」），
巴斯托，莫哈維，遙遠的山峰上長年積雪，
約書亞樹零散生長，某種強韌、
低矮的沙漠植物不時冒出，它學會的生存之道
是堅韌如皮革與吝嗇（讓我想到
新英格蘭的英國清教徒
稱某種矮生、受鹽折磨的沿岸灌木為「狼的屁」）。

州際線上有幾家賭場——
史達林式建築的美國對應版
高大的長方形拔地而起，與地景
毫無關係，上面安裝了一大堆敗人興致的霓虹燈
像是好時光中的壞點子
使得每棟建築寂寞且孤獨
像失憶的老人站在停車場中無所適從。

直衝拉斯維加斯，但我們也
在避車彎暫停，聆聽
一臺臺六輪大貨車中間間隔的寂靜，拖著想必是中國貨
到東方各點，我們也嗅聞沙漠
辨認出幾隻盤旋的老鷹
高高地飛。沙漠聞起來像鹽與鹼與鼠尾草
與老鷹，鐵褐色或許，
看起來像這局部的世界所知範圍中
最自由的生物。

迷路了四十五分鐘
在拉斯維加斯郊區（被稱為「天堂」）——
磚造、單層，還算新的郊區住宅
庭園種植仙人掌或冬天就枯死的草坪。

去公車站接我們的朋友珍妮特．惠爾
近老賭城大道，當維加斯仍是
一九五〇、六〇年代康尼島觀光業的樣子，
禮品店與遊藝場。去見凱特．法克特
她從愛德懷[12]一路開來，在新賭城大道上
一家啤酒吧賭場晚餐，流水外頭是噴泉
裡頭是生蠔吧，跆拳道在每一臺電視機裡播映
各式各樣的人餵食著投幣孔
完全沒有興趣知道生蠔
是如何跑到沙漠裡，奔流噴泉的水是從
哪裡來（科羅拉多河在三角洲上消止為
涓涓細流）為什麼人們會想看其他人
猛踢彼此的臉。

3 沙漠中的無人機

一月二十七日，星期三

拉金塔飯店[13]的大廳與早餐室，
北拉斯維加斯。坐到第二杯咖啡，寫筆記。
早起，我試著打起精神投入其中，
借來珍妮特的魔法麥克筆做了一個大看板
上頭寫著*暴力總是錯的，但我們不在此限。*

往北開出北拉斯維加斯，
勞動階級終結了金錢機器與奔流噴泉，
新搭建的臨時市鎮很快地又變回大盆地沙漠[14]。
平坦的臺地，大約海拔兩千英尺[15]，
長滿郊狼灌木與鼠尾草，發芽困難的土壤

連絲蘭與約書亞樹看起來也僅是偶然生出，
群山環繞，西邊白雪靄靄
東邊是裸露的風化岩石。
事物的模樣呈現出一種荒涼壯觀。

空軍基地坐落於一座淺盆地
在碩大的藍天之下。基地圍起金屬格網
頂端設置圈狀帶刃口的鐵絲。遠處
兩座米褐色的巨大機棚以及一些散落的
組合建物，一層或兩層樓，
全是沙漠的顏色。

毗連的市鎮——印地安泉[16]——
含括一間賭場，一間泥磚小建築
招牌上寫著牛排與蛋早餐五・九九元

另一個寫贏一輛哈雷，食物，酒吧，吃角子老虎。

賭場旁，一座廢棄的加油站，
加油站旁，小摩鐵蓋成維多利亞哥德風標新立異
漆成亮黃色。它後方是另一家廢酒吧
的遺跡，褪色的招牌
寫著 El Sueño[17]。

公路東邊，山腰上，那小鎮
就像任何一個西部內陸快速興衰的小鎮——
塵土，三角葉楊，散置的拖車屋
與組合屋。招牌寫著
印地安泉雷鳥之家。

通往基地的入口，招牌

以「納瓦荷」式的字形寫著
克里奇空軍基地，獵人之家。

早上七點半驅車靠近——
我們想趕在駕駛無人機的年輕男子與女子之前
他們從山腰的拖車屋下山，
目送孩子（如果他們有孩子）去上學——
長長一列工程卡車
在路邊排隊進入
基地的商用入口——水泥車
傾瀉車與平板車載著管線
水泥涵管與營建材料。
鋪路機與叉架起貨機。也有送貨的廂型車
送餐的六輪車，每臺卡車裡
都坐著一名耐心等候的駕駛。

國防經費傾注，拓展起降跑道
鐵定使在地企業獲益不少。
他們叫它「刺激經濟」。卡車上的
名字：特價垃圾箱，德利快車（銷售第一名的三明治！），
南內華達預拌混凝土，孤星建設，
南內華達鋪面。

無人機令人目瞪口呆，
腦袋需要片刻才能想出個中原因。
從前面看，機體的形狀就像戰鬥機
但駕駛艙沒有窗，只有機身上
一顆黑色的水泡——沒人在裡面，
沒人需要向外看，機身後半它們逐漸尖細形成某種尾巴，
像蜻蜓，而取代人眼的電子儀器

從機體懸掛出來像胡蜂的腿。

胡蜂，蜻蜓，它們翺翔而過沙漠盆地與天空
強烈的藍如惡意的昆蟲，它們無聲無息。
停在賭場的空停車場。

（裡面，酒保在吧檯邊——
一名女子，可能三十出頭，繫著紅領結——
肯定是軍人之妻吧——
聽著收音機，清理吧檯，
那裡沒有別人
所有的吃角子老虎與撲克機臺都開著
在賭場的幽暗中閃著光）

某種工作日常的紋章圖像，在美國，

在世界上許多地方。

清晨沙漠的寒意中，沿著防護柵欄
散步到我們曾開車路過的商用大門
路邊野草遍生——布蘭達，珍妮特
（出現第三次了你知道接下來會是）
凱特與我。從圍欄的網眼我們可以看見
正門的保全，這說明了大排長龍的原因
每輛卡車與其駕駛都被仔細地檢查。

一些車子在公路上疾駛而過。
在雜酚油氣味的矮樹叢間迂迴
柵欄裡面，一輛深藍色小貨車
車身漆著 A F 保全

在我們的對面停下，為了看個清楚——
三個女人都穿粉紅色，而這說明了
我們的身分。（幾乎不是天主教工人運動那群人
就是粉紅程式碼[18]。）貨車減速然後催油門
繼續向大門前進。（如果他們想
嚇阻我們，應該會緊緊跟隨，
我想。）Ａ級警戒閃現在入口
守衛崗的保全螢幕上，現在靠得夠近了，
我們看見六至十二名穿沙漠迷彩的軍人
當大卡車浩浩蕩蕩開進來時一一檢查。
（我腦中浮現一首老歌：早早起床，
出門工作，做得像個魔鬼，為了掙一點錢[19]）

冬陽昇起，越過東邊的群山
將天空轉為乳白色、藍色，

而約書亞樹與沙漠的草
在晨曦中是金色的。兩件事：
卡車是軍方那邊的「刺激」——
他們正在蓋新的起降跑道
給新的無人機（趕鴨子上架地
開工製造）——軍用無人機每臺造價一千兩百萬美元
飛一小時花費三萬美元——而提高安檢規格
肯定是由於ＣＩＡ在阿富汗的基地最近發生的
爆炸攻擊，派到巴基斯坦的無人機
在那裡完成目標設定。
據傳阿富汗的無人機正是遙控自克里奇。

《路透社》，二〇一〇年，一月：
五十一架無人機空襲巴基斯坦，二〇〇九年，
導致大約四六〇人喪生（據

巴勒斯坦官方表示）；三十二架於二〇〇八年攻擊，
二四〇人喪生。
《經濟學人》，二〇一〇年，一月十四日：
某巴基斯坦組織「估計在二〇〇九年
有六六七名平民遭無人機殺害。」

門口的士兵朝我們這裡看了一眼
繼續檢查駕駛的身分證。
我們站在未鋪柏油的路緣，
距離門口大約二十碼[20]，卡車駕駛
與空軍的人都看得見我們，
後者開著最新款的雪佛蘭與Honda，
很可能是人生中的第一臺車，很多人
是靠第一份工作與第一份貸款買下它。我能想像

地方電視臺的廣告。美國國旗
與低利率且無潛在費用
在螢幕上閃爍。週二早晨出門工作時。

內華達公路巡警隊的巡邏車在我們後方停下，
一名瘦高的中年男子走出來。「早安，鄉親們。」
我們拿出我們的牌子，凱特開始向清晨的空氣
朗讀艾蜜莉．狄金生與華茲華斯。我們說早安。
「只是提醒你們相關規章。我來是為了維護你們的權利，
你們有權站在泥土地上並行使言論自由。但
站上柏油就是擅闖聯邦土地
而我就得逮捕你們。清楚？」
珍妮特說她常來這裡而他也說得很清楚。
他說：「有個愉快的一天。」準備鑽進巡邏車時
猶豫了一下。「你們願不願意先告訴我

你們打算被逮捕嗎？」我準備回答我們不

但珍妮特說，聲音裡有一把利刃：

「我們還沒決定。」他點頭，開走了。我對珍妮特說，

「我們不打算被逮捕對吧？為何不讓他

容易一些？」珍妮特說：「我們來這裡不是為了讓他們

容易一些。」這在我們之間短暫引起一陣哲學的

與策略的討論，然後我們從後背包拿出水瓶，

抹上更多防晒油，對著迎面而來的車輛

舉起我們的牌子。凱特再度開始朗讀華茲華斯：

「一場沉睡中我的靈魂封閉。我不再有人類的恐懼。」

掠奪者無人機由通用原子製造

在波威，加州，靠近聖地牙哥。

《紐約時報》：「空軍高層坦承

超過三分之一的掠奪者偵查無人機（注意21）

已墜毀，多數在伊拉克與阿富汗。」

艾瑞克·馬修森上校負責主持空軍「無駕駛飛行器系統」的特遣部隊。一場國會聽證會上：

「我實話實說……我們在失控邊緣。」

ＣＩＡ負責無人機在巴基斯坦的航程。空軍負責伊拉克與阿富汗。

一九五架掠奪者編制於空軍機隊，二〇一〇年一月，以及二十八架收割者。

軍用無人機的整體數字（包含極小的，手動發射的機型）已經「自二〇〇一年的一六七架攀升至五五〇〇架。

「多數機組人員坐在九〇年代風格、

滿是螢幕的電腦庫中（裝載在照明微弱的拖車裡）。
一日內於伊拉克與阿富汗執行多項飛行任務。」
大衛．基爾庫倫，向國會作證：
「自二〇〇六年以來，我們用無人機攻擊
殺害了十四名資深的蓋達高層；同一時期，
同一區域，我們殺害了七〇〇名平名百姓。」

早上十一點，見證可以是很無聊的。
大多時候我舉著牌子
給仙人掌與約書亞樹看。
凱特的牌子寫著別無他法。
我們讀了（不對特定對象）瑪麗安．摩爾
葛楚史坦與藍斯頓．休斯[22]。
太陽快到達正午的高度。沒有車流時

你能聽見沙漠植物在熱氣中呵癢的聲音。

4 囚徒牧師

一月二十八日，星期四

早上都停留在克里奇然後向北開

經過仙人掌泉，它的組成看上去包含

一座廢棄的露營車營地，然後是神奇地亮

白與圓頂，出現在棕色與褐色的沙漠灌木中

一座神廟，獻給獅頭的埃及女神

塞赫麥特[23]——某種信奉女性靈性的新型態異教

一名女祭司常駐在修隱中心。

他們並不，積極進行推廣，珍妮特說。

但激進分子會在那裡駐紮、冥想、整理心緒。

再過去一點就是北美洲最引人注目的地方之一
別無他物，除了一連串結實的鐵絲網柵欄，
大門深鎖的入口道路，一畝畝岩石地、仙人掌、鼠尾草，
以及一片空曠的沙漠外，肉眼勉強可見的
建築群。「內華達試驗場」
更名為「內華達國家安全區」。我們停車，下車，
走到大門口，伸展——布蘭達指著
一隻吉拉啄木鳥，紅頭、斑馬紋後背的
優雅生物，跳躍在小約書亞樹的枝頭
發出尖銳的鳴叫。五、六〇年代這裡舉行過上百場
核武大氣環境實驗。
必然有多到難以想像的鳥類、
哺乳類、植物、昆蟲被抹去生命。抹去

又抹去。提醒自己去查查看，是否有相關研究出版，
但看來機會不大。所有試驗於一九九二年終止
因此這隻年輕的啄木鳥是初來乍到的新殖民者之一
儘管建築群中的某些地方，未來數千年
仍不宜居住。我們對空氣朗讀
最後一組詩，然後上車——
是時候轉身回返。
但中途我們又再度停車，珍妮特提議走訪
拉斯維加斯「內華達沙漠經驗」的辦公室／臨時住所，
這個機構扮演的角色是
克里奇與試驗場示威行動的情報交換所。

接近中午。屋子
白色粉刷，單層樓，位於一條接地氣的勞動階級私人巷道，
前庭有仙人掌，小雕像是阿西西的聖方濟，
一對白花盛放的夾竹桃，鐮刀型的葉子

在熱氣中垂下——有些植物我也曾在克里特島的白山
見過，靠近某個洞穴的開口
別人告訴我那裡一度是阿芙蘿黛蒂的家——
離開克里特，女神，莎弗寫道（如果莎弗會寫字）
瑪莉·巴納德[24]翻譯，來到這座神廟
蘋果枝的陰影使它班紋點點。諸如
此類。

　　珍妮特在前方呼喚，而我們在車道
與導演吉姆·哈伯[25]見面。屋裡
感覺滿像兄弟會或學生宿舍，
除了那些照片，甘地、馬丁·路德·金恩、
梭羅以及羅莎·帕克斯[26]被釘在牆上。
一名魁梧禿頭的男士在客廳
講著手機。運動長褲、T恤、夾腳拖
一張寬而英俊的臉。他就是那傳奇的方濟會修士，

神父傑瑞·沙瓦達[27]。我所知道的他——聯邦監獄
服刑兩年罪名是在中西部的飛彈發射井上
紮營，而讓他蹲更久牢房的是擾亂
喬治亞班寧堡的陸軍美洲學校的出入口，
美國軍方在裡面教授反暴動
以及針對中美洲獨裁政權軍隊
「強化訊問」的技巧。
他為了抗議亞利桑那州軍事基地實行拷打訓練入獄，
他在No Más Muertes[28]工作，為沙漠中冒著生命危險
穿越邊界的人們空投食物與飲水。
為了與女祭司舉行彌撒
被梵諦岡列入審查。當他講完電話，
吉姆介紹我們。我們描述了自己在克里奇
平靜無事的幾天而沙瓦達神父興致盎然地傾聽
並說有人送來了一大盆

草莓我們何不共進午餐
唸唸詩。我們滿懷感激地接受而他說，
我能提供米粒脆片或燕麥圈。我選了米粒脆片——
當他們忙著拿碗與盒裝牛奶出來時
我隨意逛過幾個房間，看看書架——
托馬斯．默頓[29]、釋一行[30]、一本多蘿西．戴伊[31]的傳記，
也有幾本小說——瑪莉．高登[32]與童妮．摩里森。
佈告欄上張貼過往示威行動的介紹。
草莓很小，紅得濃烈，多汁可口。
牛奶冰涼。沙瓦達神父和我們分享往事
某次他在核子試驗場的冒險。
他與另一名神父，路易神父，嘗試
溜進大門，爬過一道陰溝
這讓他們抵達第二道門，在此他們拿出
法器並開始舉行彌撒。他們沒能走得很遠

保全就抵達了並護送他們回到門口。

「他們認識我們也懶得逮捕我們，下禮拜我們還有個大集會，因此我們決定不把事情鬧大。路易，」他說。「很失望。他喜歡這個概念：在國有地上因為行聖餐變體儀式而被痛打一頓。」我們讀詩——珍妮特讀了狄倫．湯瑪斯某首她會在沙漠中讀的詩，詩題如新聞頭條一般：「黎明突襲的罹難者之中有一名百歲人瑞。」湯瑪斯偌大的音樂使我們安靜了片刻。

布蘭達與沙瓦達神父閒聊著那臺 Tuscon 當地的主教曾將他踢出車外。我們清空各自的麥片碗，過了一會兒，道別。步入熱氣。我們送凱特在她的車旁邊拉斯維加斯市區在日光下詭異的赤裸，放珍妮特在美鐵車站然後找到我們上高速公路的入口。布蘭達從包包裡釣出《埃涅阿斯紀》，我開始唸，她開車。第六卷的結尾。伊尼亞斯正從地府離開通過一座象牙門，朝義大利的海岸航行。開長途車回家為了省下再住一間旅館的開銷。

1 克里奇空軍基地，位於內華達州，是美國唯一一個專門的無人機空軍基地。

2 Bakersfield，位於加州中南部的一座城市。

3 拉丁文，「戰爭與一個男人我歌頌。」《埃涅阿斯紀》的首句。

4 指休耕的土地。

5 Frank Bidart（1939-），美國詩人。

6 Hotel Du Midi 與 Des Alpes。

7 一種玻璃杯，通常有倒圓錐形的杯身、方形的杯頸與杯腳。

8 Lenny Bruce（1929-1966），美國獨角喜劇演員、社會批評家與諷刺作者。

9 一九七四年上映的一部美國新黑色電影，由羅曼·波蘭斯基執導。

10 Tehachapis。

11 約一三七〇公尺。

12 Idyllwild。

13 La Quinta。

14 Great Basin desert，位於內華達山脈與瓦薩奇山脈之間。

15 約六一〇公尺。

16 Indian Springs。

17 西語，「夢」、「睡眠」。

18 「粉紅程式碼：婦女爭取和平」是活躍於國際的左派非政府組織，致力於終結美國出資的戰爭活動。

19 〈那幸運的老太陽〉（That Lucky Old Sun）。
20 大約十八公尺。
21 n.b.，拉丁文 nota bene 的縮寫。
22 Langston Hughes（1901-1967），美國詩人，哈林文藝復興運動的代表人物。
23 Sekhmet，上埃及神祇，司戰爭、復仇、月經和醫療。
24 Mary Barnard（1909-2001），美國詩人、譯者，她翻譯的莎弗十分著名。
25 Jim Haber。
26 Rosa Parks（1913-2005），美國黑人民權運動推動者。
27 Father Jerry Zawada（1963-2017），致力於反戰相關工作。
28 倡議團題，致力於終止非法移民在橫越美墨邊境的沙漠時造成的死傷。
29 Thomas Merton（1915-1968），美國天主教作家與神祕主義者。
30 Thích Nhất Hạnh（1926-），禪宗僧侶、作家、詩人、和平主義者、入世佛教的提倡者。
31 Dorothy Day（1897-1980），美國記者、社會運動者，創建了天主教工人運動。
32 Mary Gordon（1949-），美國作家。

首爾筆記本

1 和平會議的第一天

週五稍晚抵達機構；這是間研究所，韓國研究中心。

週六一早——校園位於首爾外的一座小鎮，
靠南邊，丘陵環繞。黑暗中看不大清楚
因此早晨令人驚奇：空氣銳利清澈，晴朗藍天，
樹上盡是光鮮亮麗，山毛櫸與栗樹的金，銀杏的亮黃，
火紅、洋紅與猩紅是楓樹，而橘紅
則是其他——是馬栗嗎？總之，中期畢卡索的調色盤——
混和著金色、焰橘、新紅銅、舊黃銅，令人目眩，
再把它們混上松柏的深綠。
大學的樓房是傳統韓國建築的現代主義版，
周遭丘陵是比較溫順的橙棕、帶綠的焦茶，
微微的霧仍從山頂升起，那是

夜晚留在樹冠上的濕氣。

如此美好我四處遊蕩感到輕度的暈眩與反胃。

也有廣大草原
與戲劇化的韓國喜鵲，까치
烏鴉大小的黑鳥，身側是白的翅膀，與翅膀等長的
深藍色斑紋反射光澤。嘹亮的叫聲像轉動生鏽的曲柄。

還有什麼？半小時散步途中，湖上一隻鷺，
長得像歐洲的煤山雀，中型鳥，
眼睛周圍有彎刀形的橙色與高亢的歌，
一隻野鴿或鴿子，棕灰色，
背上的花紋像鱗片像細緻排列的屋瓦。

以及——小徑上黃色的銀杏葉
與銀杏果的汙泥（散發腐臭，我在書上看過，但我重感冒
因此沒聞到）沿路可見人們聚會，此外
最美麗的事物就是上坡路的枯柿子樹反襯著天空，
枯枝的交錯紋飾像筆刷，
如此隨機，枝條間柿子亮橙色的
球體以及偶爾出現的
（如某些瘋狂濃烈的唐朝畫作）
一隻喜鵲在樹梢。

呼吸空氣。這個五十年前深受戰爭摧殘
的國家，城市化為瓦礫，村莊近乎饑饉，
女人們每天早上煮一碗野草湯
以免孩子得到佝僂病。

國家控制權的爭奪在日本人被驅逐後轉為冷戰時代明星代理人的戰爭，
而二十世紀中葉滿漲無情之怒的空襲繼而造訪了這個國家。他們當然會
舉辦探討和平概念的國際會議。

開場。金教授：「和平」是否僅是，招兵買馬的自由主義的
一句暗語？
韓國人民長久以來的願望，一種
由二十世紀韓國艱困苦難的歷史塑造出的嚮往？

冷戰之後，杭亭頓[1]所描述的「文明的衝突」
似乎就背負起「和平」之夢釋放的希望與恐懼。

華茲華斯，梵樂希，艾略特——藝術的力量
促進人與人之間的溝通，

吧啦吧啦吧啦。

蓋·索爾孟[2]，法國專欄作家，經濟學家：
衝突總是受權力追求驅使。
意識形態就是行動者應得權力的根本理由，
對於擁護它的人或團體而言，根本理由總是光芒萬丈。

對話不是通往和平的坦途。對話開啟，不是出於禮貌，而是出於對方或
可能提出正當合理的主張，一種只有（通常）在暴力將自身耗盡後才會
產生的態度。如何搶在報應的第一個甜美之夢啟動暴力的循環前抵達，
似乎已難倒了人類。（這段文字出自那場法語談話的即時英語翻譯。）

為何他不同意杭亭頓。更多衝突發生於
文化與文明之中而非之間，

為何宗教戰爭與內戰更可怕？部落主義——人類聯合的本能——是否自身就是一種暴力？一種內心的人我區分，把許可證發給了暴力？

文明從屬於部落與種族認同。
文明是衝突的起源嗎？
當一個文明決定自己是一個部落的時候（納粹德國），當心了。

文化不是暴力。政治不需要是暴力的。美國尋求一種暴力的壟斷。權力追求是暴力的源頭。文化演進。它是日常生活（其構成了文明的內在生命）宣洩的出口。它使得一般人、護士、教授、店主，都可能發揮影響力。

午茶時間。多數聽眾穿著正式，西裝領帶。所有亞洲人都西裝領帶，歐洲人就沒那麼多。多數是男性，多數中年。氣氛熱絡不沉悶。

我們得聊聊釋一行，我們得聊聊入世佛教，
某人說——在場唯一不穿僧袍也不西裝領帶的韓國人。

意識形態之莊嚴。
使薩爾曼．魯西迪入罪的是笑聲。

一名激動的男人說，某些學者叫另一些學者「自由派」
意味著，進行人身攻擊的那一方將為暴力護航
而他們膽怯的同事則不。唉，他說，時間會證明。

另一名男人說，極渴望和平的人不舉行和平會議。
全球市場會製造共通的價值嗎，一名年長的女士問，
她是來自中國的學者，穿著非常嚴肅而優雅的商用套裝。

伊斯蘭激進派何嘗不是房間裡的大象[3]?穿花呢運動上衣敞著領口的義大利男。和平,白髮的韓國男人說,現場的韓國人都對他畢恭畢敬,是個凝聚而成的目標;它必然誕生於人類的多樣性並回頭滋養它。

漫逛出門回到眩目美好的日子。下午我們要和安東尼修士見面,參加仁寺洞的傳統韓國茶會。

2 孩童之口[4]

第二天,深呼吸。

化教授:文明是「說服」之於「力量」的勝利。

邊界：讓我們想像文化與文化間緩慢的重疊，
共存與分開，彼此借用，
共同利益使它們在戰爭中倖免於難
（聽起來倒像對婚姻的描述——坐在我旁邊的女人嘀咕）

世界是無法定稿的，一個韓譯本
的英譯本中巴赫汀[5]的俄語新創詞

文化並非諧和，而是短缺暴力的意見分歧。
趙教授：民主必要的條件
是有能力接納
別人或許是對的此一可能。

這也是，根據高達美[6]的說法，詮釋學的靈魂所在。

布伯[7]，根據化教授的說法：說話的人太多，
傾聽的人太少。良好的閱讀
就是敏銳的傾聽。它塑造了
他者性的轉變
那是平凡良善的心中的謎
那是一種道德生活的可能。

（午茶時間。一群白襯衫黑蝴蝶結的年輕女子
一陣雪般快走，進入這個近乎全是男性的聚會
手拿瓷茶壺與一碟碟杏仁餅乾的托盤）

和一名非常美麗的美國女人聊天，
她丈夫是研究科學哲學的韓國教授。
她來自堪薩斯，長得像上了年紀的凱薩琳·丹妮芙。

他們的女兒，荷莉，以年輕詩人的身分介紹我認識，
看起來就像一般美國小孩
直到她問我，在我看來〈致奧菲斯的十四行詩〉
翻成英文時是否應該押韻。

我問她今天玩得開不開心
她說也許是她人生中最刺激的一天了。

從那之後我不斷想像自己透過她的眼睛去聽去看，
不斷想像世界如某種同步的敘事
萬物皆從一組無限微妙且彼此
重疊的觀點發生。一名美麗、略為厭世的女人
來自中西部，嫁給來自韓國的學者，
這是哪款電影？他們的女兒仔細塗著似是而非的哥德風指甲。
這形形色色的世界，終於無法解釋，耳罩式耳機

與同步翻譯競相以啞劇模擬。

下午，哲學家探討儒家的關聯。
一名來自北京大學的老教授：儒家思想中
只有等級制，沒有他者性。
階級意識能「他者化」儒家思想，
為它注入活力。白髮剪短，寬鬆的西裝，
散發一種感覺，彷彿他說的話
有哪裡非常幽默。一名有型、誠摯的日本教授
來自成田，戴著沉沉的黑框眼鏡，
昂貴的西裝，一名通訊專家
斡旋於（且顯然於其間溝通失敗）
國家的科學科層組織間。我望向荷莉，看她有沒有在聽。
她似乎著迷其中。而，終於，那韓國教授，
她父親（有一張面無表情的臉

他待完許多研討會，始終沒有發表個人意見）
做了一場清晰深刻且擬稿精準的談話
探討某些具明顯爭議的十九世紀儒學家
是否主戰或反戰，弦外之音似乎暗示
科學始終是某種進步的力量直到政府
發現它的好用，設想利用它
改良控制與殺人的方法。演說不帶犬儒主義的調調
而是商業顧問進行例行數據報告的口吻。

我在休息時間散了個步。太陽又出來了
那天早晨下了某種輕的、最輕的塵埃般的雪
落在金的秋天紅的丘陵上。我決定跳過
「韓流電影」的場次，搭計程車回飯店。
荷莉跟到路上。我說了再見，她和我握手
她說：「我們得想想要怎麼促進世界和平。」

她穿著淺青綠的連身大衣與
天藍色圍巾，我們站在一株星星狀葉片的楓樹下
樹在湖上留下赤褐色的斑。「那名伊朗教授說，」
她釣出她的筆記本確認，
「是神的旨意，使我們與彼此有所不同。
你相信嗎？」我問她她相信什麼
而她變得有些蠻橫。「如果有個神而這是祂的世界，
那麼一切都是祂的旨意。廣島是祂的旨意。非洲蔓延的愛滋傳染
也是祂的旨意。」我說：「這就是你相信的嗎？」她查閱筆記
然後說：「我相信吳教授說的，」她讀給我聽。
「我們不比我們之中最脆弱的人更安全。」

明天搭飛機回愛荷華市，兩天整頓，
然後就開車回柏克萊。五天內
我會再次上路，在卡尼，內布拉斯加，一間摩鐵的早餐室中，

喝著當地的咖啡，撕開某個紙蓋
獨立包裝的塑膠碗玉米片。
報紙上會有美國新聞。人生是一組俄羅斯娃娃
或中國套盒。一個告示說，風力發電的擁護者
將在薇拉・凱瑟[8]廳開會。

1 Samuel Phillips Huntington（1927-2008），美國保守派政治學家。

2 Guy Sormon（1944-），法裔美國籍教授。

3 指一件明顯卻不被視而不見的事。

4 典出《詩篇》第八篇第二節：「你因敵人的緣故，從孩童和吃奶的口中建立了能力，使仇敵和報仇的閉口無言。」

5 Mikhail Mikhailovich Bakhtin（1895-1975），俄國文學批評理論家、文學史家。

6 Hans-Georg Gadamer（1900-2002），德國哲學家，二十世紀最有影響力的詮釋學大師。

7 Martin Buber（1978-1965），奧地利—以色列—猶太人哲學家。

8 Willa Cather（1873-1974），美國作家，內布拉斯加州長大，擅長描寫女性與拓荒生活。

古英文翻譯兩首

1 布魯南博爾之戰[1]

領主中的領主，王，環—給予者[2]，
埃塞爾斯坦在位時，以他的劍刃
在布魯南博爾之戰贏得偉大榮耀。
親王其弟愛德蒙偕同。
他們突破防禦城牆，以劍鋒劈開
椴木板，以錘造的金屬猛擊。
他們是長者愛德華之子，阿爾弗雷德大帝之孫。
與其撒克遜出身匹配的是使仇敵
濺血，保衛他們的土地、
家產與積蓄的財物。
　　　　敵人被輾壓而過
蘇格蘭人與乘船的突襲隊
被打倒有如命定。自清晨的第一道光射下

田野就浸滿鮮血，自上主之星，
永恆上主的明亮蠟燭，升起
於大地之上滑行，直到抵達它的休憩之地，
輝煌的存在，留下被長矛摧毀的
屍體，古北地人的屍體
四肢大開倒在盾牌上，蘇格蘭人亦如是，
筋疲力盡，厭膩戰事。
威塞克斯家的人[3]
只要天光尚存就必大大掠奪，
成群結隊，追擊眼前奔逃的落敗者，
以磨利的劍毫不留情的劈砍他們。
麥西亞人[4]也不會拒絕
與面前的仇敵來場猛烈的肉搏
那些跟隨安拉夫[5]的戰士
越過驚滔駭浪，蜷伏在船的胸膛裡

搜尋他們注定陣亡之地。
五人橫屍於戰場，年輕的王
刀劍使之長眠不起，另外七名
安拉夫的伯爵，以及船員與蘇格蘭人
數目不明。接著逃逸的是
古北地人的首領。迫不得已
同殘兵敗將敗退至船首。
他們乘潮水啟航，帶著國王
乘淡棕色的大水離去，保全性命。
康士坦丁[6]，如出一轍，自戰鬥走避
那狡詐的男人逃回北國的老家，
那頭髮灰白的老兵沒有什麼好吹噓，
兵戎交接奪去他的朋友與
血親，在沙場上倒下，
在拚鬥中喪命。他丟下親兒子

在屠殺之地受傷、殘廢
年紀輕輕。那灰鬍子的劍術
也沒什麼好得意，
那個老騙子，安拉夫也半斤八兩。
失了軍隊，他沒有理由放聲大笑
因為他輸人一等，在戰爭的功績上
在戰場雙方旗幟的碰撞上，
在矛的穿刺上，在士兵的對戰上，
在輪替攻擊上，在這場血的試驗中
他們可是和愛德華的後代交手。

於是北方人乘著他們駐紮的船離開。
悲傷的殘矛，內心深受恥辱，
自呼嘯之海[7]他們行過深水，
駛回都柏林與愛爾蘭的港灣。

與此同時這對兄弟，相聚一堂，
國王與親王，準備回到
西撒克遜的親人身邊，歡慶勝利。
他們將散落的屍體留給
黑暗的族群，鳥喙如角的黑渡鴉，
白背的暗老鷹，貪心的戰爭隼，
一場腐肉的盛宴，留給那些狂暴的灰野獸，
森林裡的狼。

不曾有比這更多的殺戮，
這座島上，不曾有如此之多，遭刀鋒
砍下。不曾有屍體如此之多，
據古書記載，智慧長者記憶，
自從盎格魯與撒克遜從東邊來，
越過溢滿的海水，尋找不列顛，
而勇敢的人們，戰爭的巧匠，渴望榮耀，

擊潰威爾斯人，於此地生養不息。

2阿爾弗雷德之死；擷自《盎格魯撒克遜編年紀》

一〇三六這年，天真的王子阿爾弗雷德，埃塞爾雷德之子，來到這片土地，希望與住在溫徹斯特的母親相會。但戈德溫不允許，其他的爵士也是，因為——儘管那大錯特錯——風頭已轉向哈羅德。

因此戈德溫抓住年輕的王子，將他監禁。
摧毀他的隨扈，千方百計殘害他們：
有些販賣兌現，有些殘忍地砍頭，
有些銬上腳鐐，有些弄瞎，
有些割了腳筋，還有些剝去頭皮。
如此血腥的作為不曾發生在這土地上，

自從丹麥人來到此地創建和平。
現在人們相信上帝之手
降福於他們與耶穌基督同在，
因為他們無辜而悲慘地被殺害。
徒留王子，受各種邪惡恫嚇，
直到他們從長計議，將他
五花大綁，帶往「沼地中的伊利」。
他一上岸，即被刺瞎，
就在船上，匆匆忙忙，
瞎眼的他，被交予僧侶
有生之年不曾離開
後來他被埋葬，以合乎身分的方式，
非常可敬地，因為他是個可敬的人，
葬在教堂西端，極臨近尖塔，
教堂入口處的地下。他的靈魂與基督同在。

1 〈布魯南博爾之戰〉保存於《盎格魯撒克遜編年紀》，記錄了這場由英格蘭國王埃塞爾斯坦對抗愛爾蘭都柏林王國、蘇格蘭阿爾巴王國、斯特拉斯克萊德王國（古北地）聯軍攻勢的戰役。此一戰役常被認為是英國民族主義的起點。詩人丁尼生也曾為此詩留下著名的譯本。

2 古詩中常見以複合詞創造隱喻，這種表達手法稱為 kenning。比如，「鯨—路」（whale-path），指的是「海」。而這裡的「環—給予者」（ring-giver），指國王（或其他掌權者），因為當時的君主，以賞賜有戰功的臣子臂環與頸環等物，作為榮譽的象徵。

3 指埃塞爾斯坦陣營。

4 亦是埃塞爾斯坦陣營。

5 都柏林王國的首領。

6 康士坦丁二世，蘇格蘭阿爾巴王國的首領。

7 Dingesmere 並未與任一已知的地名對應，其表示的意義也尚有爭議。

現代主義者寫了些什麼：非正式調查

哈特．克萊恩寫過一座橋[1]，海鷗在晨曦中，
寫過地下鐵隧道，火車穿越棘輪轉動的黑暗，
寫過印第安納鐵道沿線的流浪漢營地，
寫過一名水手的性愛之花正開花，
寫過渴望垂直的甜蜜恐懼在馬緯度無風帶。

而托馬斯．斯特恩斯．艾略特，可憐的湯姆，就像他朋友說的，
滿是才華滿是拘謹，南方的童年太壓抑
引介了波特萊爾，寫了一首詩
關於性飢渴與損傷筋骨的自我意識
從此聲名鵲起，好幾代歐洲詩歌的關注都給重校了
然後他的良師益友
伯特蘭．羅素[2]與他（艾略特）心煩意亂的老婆睡了，
艾略特寫了詩作〈阿波利納克斯先生〉，刻劃一名哲學的薩堤爾[3]，
接下來的詩，描繪[4]壞掉的世界及春天的

可怕力量，殘酷戰爭後的麻木，勞動階級女孩們
在泰晤士河中盥洗的身體，
以及貴婦人香閨中的無聊與歇斯底里，
以及一座河畔教堂的回憶——某種「莫名的輝煌」的舊觀念——
以及他欲望死於他的感官生活
以及隨後出現的回憶，花園小徑迴盪著孩子的笑聲
它似乎通往曖昧不明的某處
可能無法復原的某處
以及隨後又一次炸彈投下倫敦，像一根根火的舌頭。

艾茲拉·龐德[5]書寫的主題廣泛，就我的印象，
中世紀義大利的銀行業與巴黎地鐵
列屬其中。也寫中國歷史
以及被囚禁於牢籠，
以及暴徒將他的英雄墨索里尼吊死在米蘭的路燈柱上，

以及年紀還輕的他，坐在海關大樓的階梯上
初嘗了威尼斯的滋味，
以及一名記憶中的女子——「冷得像黯淡、沾濕，山谷百合的葉子」——
破曉時躺在他的身旁。

而希達·杜立德[6]看見埃及神阿蒙
在賓夕凡尼亞綠色的田野中閃耀
如天使她必須乞求留她一命就像在那座被炸毀
的城市毀滅的暴力如此搖撼她就像
少女時期欲望如此搖撼她就像莎弗[7]的韻律。

羅賓遜·傑弗斯[8]寫大索爾[9]的海岬
與鷹隼的喙，海洋潮汐起伏，鵜鶘像
裝滿彈藥的轟炸機沿著皮諾斯角一帶的海岸線逡巡。

而瑪麗安·摩爾[10]寫出了二十世紀
最棒的一首關於山的詩並稱呼它為〈一隻章魚〉。
在那之後，或者同時，她寫了一首關於婚姻與
其終止的詩。以及穿山甲與鸚鵡螺
以及尖塔工人艱難的工作
在一座靠海的小鎮，特定技術的精確度
攸關生死。

　　　　而比爾·威廉斯[11]，
朋友們都叫他醫生，除了艾茲拉·龐德叫他
老大夫威廉斯[12]，即使當時他們都年輕，
他寫，留意一名十三歲女孩在某個街角
路緣，等待路燈切換
有意識地往下看向她剛隆起的胸部
（一個接續艾略特主題挺另類的方式），

以及一個女孩在窗邊剪著小弟的頭髮
某個夏日午後，某個蓋滿磚造租屋的社區。
以及布勒哲爾[13]，野洋蔥，他寫，以及城市如何燒得像
火爐裡的聖誕樹當世界大戰持續蔓延。
以及春天到臨紐澤西荒蕪的冬日田野
多像分娩的暴力
以及他是如何厭惡自己，對那名
幫忙打掃房子、不大聰明的女孩倍感性趣。

而華萊士．史蒂文斯[14]寫康乃狄克河
寫哈佛初冬的降雪
寫性的魔力如何在他的人生中消散
寫他賓夕凡尼亞荷蘭裔的母親怎麼看他那些漂亮
且大剌剌的無神論的詩——
「噯，母親，[15]」他寫道，「我在這件黑色的

老洋裝上做了法式花繡」——
寫想像的性質，告訴你
事實上你能用若干觀點
注視烏鶇。

而蘿拉．里奇[16]寫紐約的貧民區
某種程度像是藍斯頓．休斯寫哈林的大街小巷
因為他或許就是從她與卡爾．桑德堡那裡
學到這種筆法，聽著藍調，
將它變成自己的東西，當他描寫著租房聚會[17]
自殺與騙子，情侶，彩票賭博的收款員，
以及「一個延遲的夢發出隆隆的布基烏基」。[18]
而米娜．洛伊[19]寫，豬挖洞一般的性愛，
也更講究地寫，對月沉思所發出的母音。

而葛楚・史坦。關於就是一種寫作。向外地。它極度地關於。

1 Hart Crane（1899-1932），美國詩人。詩集《橋》為其代表作，指布魯克林大橋。

2 Bertrand Russell（1872-1970），英國哲學家，於一九五〇年獲得諾貝爾文學獎。

3 希臘的森林之神，嗜酒好色。

4 指《荒原》。

5 Ezra Pound（1885-1972），美國詩人，意象主義詩歌的代表人物。

6 Hilda Doolittle（1886-1961），美國詩人，以筆名 H.D. 發表作品。

7 Sappho（西元前六三〇年代至前五七〇年代），古希臘女性抒情詩人，詩篇中多有對女同性戀愛欲直白而熱烈的敘述。

8 Robinson Jeffers（1887-1962），美國詩人。

9 Big Sur，地名，位於加州中部海岸。

10 Marianne Moore（1887-1972），美國詩人。

11 指 William Carlos Williams（1883-1963），美國詩人。

12 Ole doc Williams。

13 Pieter Bruegel de Oude，十六世紀尼德蘭畫家，北方文藝復興的代表人物。

14 Wallace Stevens（1879-1955），美國詩人。

15 原文為德文 Ach, mutter。

16 Lola Ridge（1873-1941），愛爾蘭裔美國詩人。

17 Rent parties，租客雇請音樂家與樂隊演奏以籌募房租的一種社交場合。

18 出自詩作〈夢布基〉（Dream Boogie），布基烏基是一種藍調鋼琴演奏風格，一手彈出類似頑固低音的伴奏，一手自由即興。

19 Mina Loy（1882-1966），現代主義詩人，出生於英國。

西沃恩的一場演講

艾倫．道格拉斯[1]如今已經不在了——
那年她應該是八十歲，
還會繼續活個十幾年，

但她沒有寫出下一部小說，
僅僅出版了一本書，叫《真相，
終於我老到能夠說出來的四個故事》——

穿一條牛仔褲就打發了，
某些年輕女孩事後這麼談論著，
牛仔褲和一件

淺桃子色的亞麻上衣，在七月的暑氣裡，
她們的意思是，那不是某種為了擺脫女孩子氣
而做出的隨興姿態。她穿著適合她的

穿搭，講臺中央，雙手交叉，坐一張凳子
面對滿屋子恭敬的南方年輕人
她臉上的表情在我看起來是——

我查閱著我的老日誌——兼具「為難
與滿滿的自信」。那張臉
你仍會想把它與「漂亮」一詞聯繫。

不是女性化的，但十分有女人味，或者說成熟
而女性，她的灰髮散發栗子的光輝，
非常好看。「風格」，她當時說，

「真的只在於觀看。也就是人們說的
一種觀看的方式。如果你想寫、想讀，

如果你精讀好書，那會喚醒你體內的欲望，
想使表達跟上想法。至少我是
如此。你讀過而且在乎的東西，
他們稱為你的「影響」的東西，是那些
使你認識自己的書，而它們會，
應該會，導向一個充滿耐心與毅力的企圖：
去說出你的意思。」另一則筆記：
「你得先盲寫一陣然後才終於看清
你的主題是什麼。」封閉、潮濕的室內
田納西的中央，七月的中央。
你無法斷定室外，老橡樹林中的
綠色嗡鳴發動著昆蟲唧唧，
還是唧唧發動著空氣中綠色的嗡鳴
半空中，那是無法區辨的
當你漫步其中，浸潤於

夏日草地的氣味。就我看來
我是這場經驗傳承的局外人。
她的權威，我知道，來自
三十年寫作歷程累積的
長篇與短篇小說共十本左右。她寫
密西西比的「白」，透過種族
與性別關係如何左右女性家族成員的生活
而她必然一語中的
或也八九不離十，我想我能
從那幾乎可觸的靜默與年輕作家們
前傾的身體看出這點，否則在這不甚舒適的空間
他們會把講稿或議程當作扇子
像電影裡南方法庭旁聽席的聽眾那樣搧風。
那天，我想著我表妹莉莎的死
她死於用藥過量。很殘酷，有些生命

似乎能正常運作有些則不。當時她二十九歲，
第一次嘗到海洛因時她十六歲，
在她十九歲的男友那裡，他是L. A.
一間錄音公司經理的兒子。他們一起上
某間私立學校。莉莎是我的玩伴
我們早期童年的夏天
一窩男孩子中，三個哥哥的小矮冬瓜，半被視為害群之馬
半被寵愛的小妹，很好笑的一個人，
冒險總是一馬當先，接著慫恿哥哥。
十六歲時，我記得她與男朋友兩個人
都穿黑色皮夾克，而她還在自己的那件
釘了隻乾透、扁掉的大蟾蜍
她在街上找到它，而且顯然對它很有感覺。
她或許會結婚，生個孩子，加入又退出
昂貴的療程（她那個我們喊作「隊長」的哥哥

也為了酗酒問題進進出出
想必已恨透了這一切。）
「隊長」前年從天橋跳入
帕薩迪納[2]通勤時段的車流中。
我打給我阿姨，當時她應該和老作家差不多年紀。
她說：「你知道，我一滴眼淚都沒流。很糟糕對不對。
我應該要淚流成河的。」艾倫·道格拉斯是筆名。
生於二〇年代，生於一個，體面人士能迫使人與可恥的
種族隔離系統合謀的世界。我不知道什麼能救人一命。
我知道人們自然而然地愛自己的孩子。我知道上癮
能擊垮生命。就像個謎團，不知道什麼
善良想法使這個漂亮的老女士
在一群年輕作家的面前，搖著頭，
說：「你得寫出自己的路來
才會知道你必須說出來的是什麼，然後，

即使沒有絲毫保證，你還是要繼續你的道路，朝『實際上說出來會是什麼感覺』的大方向寫去。」

1 Ellen Douglas（1921-2012），美國作家。

2 Pasadena，位於加州南部的一座城市。

四種永恆，或祖父的故事

「和我說一個有關公主的故事。」她說。
金頭髮那個？紅頭髮那個？
「黑頭髮、頭髮非常非常捲那個。」
那麼，很久很久以前的以前
有一個小女孩，她的頭髮非常非常的黑。
「而且很捲。」而且很捲，住在高高的山上
靠近一座巨大的藍湖。而就在這特別的一天，
她非常早起床，因為她的頭髮是個大麻煩。
梳它得花上天長地久的時間。而且她不能馬馬虎虎。
她是國王御用陷阱師的女兒，而且——「我以為，」
她說，「這是有關公主的故事。」
所以它就會是呀。但那天因為天還很早
因為她的頭髮非常非常捲也因為
她有一些任務要執行，國王御用陷阱師
的女兒。「什麼是陷阱師？」她問。

陷阱師的任務是負責抓小動物，如此一來
國王們與皇后們才能穿毛皮大衣。那天
她得讓她的頭髮變成一束一束的樣子
身為國王御用陷阱師的女兒
她有任務要執行。有貂皮
要處理，也有狐狸皮、獾皮與
鼬皮。「處理毛皮要用什麼東西？」
她問。興致勃勃。她的爸爸有好幾艘船
他搭著其中一艘船越過藍湖
因為有時候國王們與皇后們會需要熊的毛皮
溫暖被窩，或者不讓他們的腳
碰到宮殿冰涼的石頭地板。這一天
頭髮黑黑的女孩還有很多事得做
像這樣的故事是無法好好交代的，
但有一件事她一定得做

那就是採集樹根製作鞣皮藥水。
「什麼是鞣皮藥水？」她是國王御用陷阱師的
女兒而她在大藍湖邊的工作之一就是
（湖的藍是最藍的冰的冰藍色）
採集樹根，需要很多很多很多很多的
接骨木莓與鵝莓的根，以及山百合
人形的根來製做藥水，浸泡
貂皮、獾皮、狐狸皮與鼬皮，
使它們又亮又蓬，也讓它們能讓任何一名
國王或皇后用上一輩子。有一些毛皮
你能在一代又一代最美的公主的背上
看見它們。為了釋放毛皮的光澤，
它們必須讓國王御用陷阱師的女兒
在鞣製藥水中又梳又擠，而這就是為什麼
在這充滿為什麼與嘆息與各種事物理由的世界中

國王御用陷阱師的女兒，那雙美麗的小手
被染成了皇家的亮紫色。「我想我要去
睡覺了。」她說。好的，親愛的。
去睡覺吧，甜心，到了明天
還是「很久很久以前的以前」
我們再來講更多有關大藍湖
與一個頭髮非常非常黑的女孩的故事。
「只有『非常黑』，」她說。「非常、非常捲。」

寂靜

給娥蘇拉・勒瑰恩，一九二九—二〇一八

他們從一條陡峭的小路下山，她先走，
優雅地，挺胸穿過濃重的空氣像一隻
泥塘裡的天鵝，他跟隨在後。他們倆
都知道紅蜘蛛的故事，故事中死亡
向寂靜發誓，所以他們自離開
蛾之谷後就沒說過一句話，而一隻山胡桃色的
波呂斐摩斯蠶蛾，後翅上巨大的紫斑
如狐猴的眼睛，動也不動
剛好停在她肩頸交會處，就像
正盯著他看。當他們橫越山隙時
繩橋搖晃。他敏捷地移動
在粗繩間跳躍，然後從另一邊

使力拉，讓扶手繃緊，
即使如此她過橋時仍晃動得十分劇烈，
她中途停下，在瀑布的水花中
涼快涼快，然後大步完成剩下的路程，
彷彿她仍在攀登那近乎垂直
通往寺廟食堂的玉階。他們停下腳步
分食一顆芒果，金色的果汁順著下巴流到
她的胸脯而這讓他笑了
而她，檢視著那蛾（牠的口器
探著她脖子上某根細毛的毛囊，
翅膀擺動一張一闔間
彷彿有種性愛中的心無旁鶩），刷掉牠
而這生物飛了起來，繞了她一圈，兩圈，然後向
峽谷下飄去。從那裡開始，步道標示得很清楚，
森林中滿是柔軟的松針，寬闊的路面

沿線是轎車深深的輪胎痕，
越過樹木稀疏的草原。風由東向西吹，
所以他們的氣味會在後方，若大貓們
跟蹤他們的話，也保持著距離，
除了幾下懶洋洋的吼叫，那晚
當他們在廣闊閃爍的星空遍野躺下時
沒聽見牠們的行蹤，而且，
仍然不和彼此說話，不約而同
以節奏規律的步伐散步，
她先走了整個早上，他，下午，
日落前他們來到樓閣，沐浴，焚燒草藥祭品，
用簡單的一餐，太陽下山後，
進大廳參加老婦人的第一場講座
關於母音的顏色。她頗隨性地
走進室內，帶著她標誌性的光采，

向某些新面孔打招呼，跪坐在聽眾面前，
放下白髮，坐得直挺挺地
似乎過了很長一段時間，然後他們聽見
自她橫膈深處發出來的
哼嗚聲，代表字母 a。
室內的光線漸漸深沉直至陰影紫紅
援引自一則故事，它是老皇后身上
喪服的顏色，那倒楣的男孩
不幸引起了她的注意；也引自
青背山雀喉嚨顏色的傳說，
春天時來到島上，據說牠們的歌聲
如此傷心欲絕，只有無相寺
侍奉破除皮相神祇的和尚才能夠模仿。

（他們吸取了它的甜蜜與恐怖，

但沒有加入哼鳴，他們覺得它，
誓言擱一邊了，只屬於她與她的靜止。）

第六任頭目他的羊牠的嘔吐[1]

讚美呼吸、雙唇與牙齒。
讚美舌頭、喉頭與咽頭
與軟口蓋與硬口蓋與聲帶
的振動。風笛手彼得撿起很多
海貝在海邊[2]。她賣橡膠嬰兒車的
保險桿[3]。三月初，近傍晚。
一隻簇山雀正好在我窗外
懸鈴木光禿禿的樹枝[4]上。春天
最小隻又最大聲的鳥。眼睛是
一顆黑醋栗大小。三粒甜美的音符
完美地間隔，有時是四粒。
唸「一隻小小的簇山雀」不大困難，
但也需要一丁點的努力，
而「在懸鈴木光禿禿的樹枝上」則是
愉快的消遣了。我大聲朗讀我的詩句，

發現「人們墊著腳尖摘那些鹿搆不到的
熟透的越橘」很有難度。摘熟透的越橘[5]。
鋁製油地氈[6]。懸鈴木末梢
圓圓的葉苞在午後的陽光中
鑠鑠金光。三粒甜美的音符
又一次。牠想找個伴。也許。也許只是
好玩。研究者教會了黑猩猩
超過一百個字彙，而書上說
猩猩不能運用它們組成新的概念。
她賣醃辣椒。又是三音符！
但「不能」似乎不大對。倘若
這剛好就不是牠們
想做的事呢。我想說「熟透的越橘」，
「簇山雀在樹枝與樹枝間飛掠」，
因為我想要。讚美呼吸、

牙齒與雙唇。讚美舌頭，

第一種說出「喉頭」的動物，

第一個說出「咽頭」的人，我讚美。

1 詩題變化自繞口令 The sixth sick sheikh's sixth sheep's sick，連續押S頭韻。

2 合併了兩個繞口令：Peter Piper picked a peck of pickled pepper（風笛手彼得撿起許多醃辣椒），She sells sea shells by the sea shore（她在海邊賣海貝）。

3 繞口令：rubber baby buggy bumpers。

4 Tufted titmouse（簇山雀），bare branches（光禿禿的樹枝）。

5 Pick ripe huckleberries。

6 Aluminum linoleum。

蒙塔萊的筆記本

生命，絕大部分和人
沒有關係，和思想的關係就更少了。
那麼，生命究竟和什麼
有關呢？

或許有人知道，蒙塔萊這麼寫，
艾羅·史密斯翻譯，但他的嘴唇封住了
而他也沒說出來。在他的筆記本裡。
他當時大概八十歲。
有一天他寫了些卡瓦菲的閱讀筆記，
關於尼祿睡著午覺，
多美麗的男子呀這個尼祿，
聽見憤怒三女神的咆嘯，
他的家神們是如何趁他睡覺時

悄悄溜掉。然後——簡省的
蒙塔萊——他寫，我是統領
虛無的皇帝。我甚至連一個
捕鼠器也沒有。另一天他寫
一名耶和華見證人信徒在門前。
哪個概念比較嚇人：世界將毀於
一場大災難，還是它
不會如此？這之後的隔天
他想著某個義大利老肥皂劇中的
易裝癖角色。其實我們不需要化妝品，
他說，我們只要
望向鏡子就會看見我們就是別人。
活了這麼多年，我們只有感覺
沒有意見。現在，他寫道，連小學生
都自有主張。（這是一九七〇年代。）

於是進而形成「你想從詩歌中得到什麼」
的問題。想想一九〇五年一個八歲男孩
炎炎夏日的集市廣場，
某個利古里亞[1]小鎮（山頂上，
雨燕低低飛掠教堂鐘塔
與市政廳之間的天空）第一次嘗到
葡萄口味的碎冰甜筒。
在「意見」出現之前。幾年前，
一名女詩人邀請我共進午餐
我讀過她的作品，也很欣賞。她是個大忙人
這邀約可說是種特別待遇。我來到她的辦公室——
那是夏天——她在桌上擺好了
野餐。葡萄，小小圓形的山羊乳酪，
醃菜，本地麵包（這是一九七〇年代的
新英格蘭，蒙塔萊仍然

健在），我們細嚼慢嚥，相談甚歡。
我想我們甚至喝了杯紅酒。後來我開始
對她的詩有所保留——不盡然是對她的詩
而是她對詩的態度——困擾我的是什麼
我甚至不記得了——之後我們仍偶爾會
在紐約或波士頓的文學場合碰見
帶著遙遠的真情，我們之間
仍保有一份親密：我們曾經年輕
曾毫無保留地愛著這項，至今我們
仍孜孜不輟的藝術。昨天我得知
她在一次大中風後陷入昏迷。
我知道有些人的確能復原而我也只能懷抱希望。
我對她的人生所知不多。漫長的婚姻，
孩子。我想像中的她是名非常有存在感的母親，
「存在」說明了她的詩人身分。

我不知道她是否覺得，已然
實現了自己的藝術。某個最近常來拜訪的朋友說
我們何不喝個爛醉合寫一首詩呢？
我心裡掛念著別的事於是說不。
我們不是全然地活在意見
或感覺中，或某種兩者的混合
像尼祿的午睡中
快速連續的場景。至於那是什麼
我想胡塞爾[2]已經發明了生活世界[3]一詞。
朋友離開後，盯著日誌的空白頁，
我用它來寫些東西，先是感覺很糟
然後試著思考，哪一行詩或者
哪一行詩的概念是我能展示給蒙塔萊的，
在災難過後，耶和華見證人的天堂，
當這一切，從那個距離看起來

就像義大利小鎮的週日樂隊演奏會，
而十九世紀正要展開。
我或能預先向朋友展示，提醒她
我們是如何喜愛「詩行」本身。
也許是，昨天下過雨，夜晚的空氣涼爽。
或者喜愛一組詩句最簡單的跨行。
也許是，我們走路去瀑布。路上
經過一整塊山百合。喜歡
某些詩句產生的流動。也許是，
媽媽熊跳上倒木的樹幹
為了瞧明白，更可能是想將我們嗅個清楚。
隨後似乎判定我們構不成問題，
從高踞之處下來抖動她從容
小瀑布的棕毛，消失在森林深處。

1 義大利西北部一個臨海區域。

2 Edmund Gustav Albrecht Husserl（1859-1938），奧地利哲學家，現象學的創立者。

3 Lebenswelt 意指超驗主體（或超驗自我）以「存而不論」（參見「現象學存而不論」）的方法，擱置自然科學所依據的自然世界之後，以立即直接觀照而得不講自明的前給予（pregiven）、物在其自身（being in itself）的本然世界。（摘錄自「教育大辭書」）

致敬的小舉動

讀蘇菲·拉菲特的契訶夫傳記
——多令人讚嘆的一生！——
在國際線候機室的咖啡廳
在墨西哥城機場——
而，正當最後一章，
他快要死去，侍者出現，
一名奧爾梅克[1]臉的中年男人，
端著一杯完美泡沫的卡布奇諾，
奶泡滴流下來順著
白瓷杯的側邊。
我將它慢慢舔掉，向契訶夫致敬。

•

讀蘇菲·拉菲特的契訶夫傳記

——多令人讚嘆的一生！——

在國際線候機室的咖啡廳
　在墨西哥城機場——
而正當他快要死去在最後一章
　侍者出現，一名中年男人
有張嚴肅的奧爾梅克臉——契訶夫
會知道他的年紀，他的兩個兒子
　是如何被聘用，他是如何做到
以那種獨特的漠然與尊嚴
為我端上一杯完美泡沫的卡布奇諾，
奶泡的圓珠一粒粒
順著白瓷杯的側邊滴流下來。
我繼續閱讀並將它慢慢舔掉。

讀蘇菲·拉菲特的契訶夫傳記
在國際線候機室的咖啡廳
在墨西哥城機場——
而，正當最後一章，
他快要死去，侍者出現，
端著一杯完美泡沫的卡布奇諾，
奶泡滴流下來順著
白瓷杯的側邊。
我舔掉它向契訶夫致敬。

1 奧爾梅克文明，繁盛於公元前一二〇〇年到公元前四〇〇年的中美洲。

筆記：一種無邊界詩學的概念

給琳·荷希尼恩[1]

皮耶·雷維第[2]：所有詩學的談論或多或少，都是談論者對自身方法的輕率讚美。

誰會去辯護、去解釋，或者僅是對它們產生興趣，如果連詩人自己都避而不談？

我對「無邊界詩學」這個詞組的第一個反應是，想像在老留聲機上播放一張七十八轉錄音，密西西比·約翰·赫特[3]唱的〈幫我鋪張床在地上〉[4]，然後平躺在地板上聆聽。

鋪床吧，漂亮寶貝，低又軟的床。

然後也許站起來，去換上露辛達·威廉斯[5]收錄在《閒逛Ramblin'》的版本。

我想它或許是一場選舉。「無邊界」一詞立即喚起了美國例外主義的修辭。它使我夢想有個總統候選人，會承諾讓美國成為世界第四富有的國家，照顧長者與那些在生活中掙扎的人們，嘗試學習他國的長處，也會準時、帶著感謝地向聯合國繳納會費。

第二個想到的是切斯瓦夫．米沃什的一行詩，標題是〈論劃定邊界的需求〉。全詩如下：「卑鄙與不誠實曾是一座海洋（Wretched and dishonest was the sea）。」這個英譯的詞序與原作相同，除了波蘭語中沒有介係詞 the。

「小床（Pallet）」根據《牛津英語詞典》，是個非常古老的字，從中古法文 paillet 進入英文，意思是一捆稻草。喬叟的《特洛伊羅斯》[6]：「在一張小床上面／整個夜晚明媚他躺在特洛伊羅斯身邊。」

英文書寫藝術的歷史中，應該不曾有一個時代如現下，涵納如此多元的手法供詩人選擇。從精緻的押韻與格律，到散文體、圖像詩、聲音詩、影像詩。手法即使不是無窮無盡，但也夠多了。

就這種意義來說，我想，人們或許能談論一種無邊界的詩學。而且——但是——選擇去做某事，即選擇不做其他你因而放棄的的事，就此而言，任何詩學、任何創造，都是受限的。所以也許該稱之永續的詩學？一種適量的詩學？

在我心裡，不知怎麼地將之與教養連結起來。客氣，體貼，得體。內心的某塊瑞士州[7]，那兒的居民實踐著一種外顯的善良作風。

但它也與另一件事相連，那是藝術或藝術作品對我來說最刺激的事——使一個手勢的能量得以交通、賦形。

手勢，就像能量，在人的裡面是有限的。在一件特定的藝術作品中亦是有限的，但你大概會說是，無限地有限：命中而持續。龐德，奧爾森[8]：詩作為象形文字，等等。

第三個想到的是納悶，為什麼我第一個想到的會是一段歌詞，敘述者是個非常渴望女人身體的男人，他明白倘若按照欲望行動，背叛就成立了。與使你跪下屈服的強烈需求有關的某種東西。一種詩學可能如何暗指著它。

我喜愛松尾芭蕉，因此我沒被拉往極端的詩學。芭蕉會認為那種衝動是粗俗的。（納博科夫：poshlost。[9]）好一段溫和的秋日時光後，十一月的一場大雨。冒泡的水溝是馬鈴薯皮的顏色，停車場中雨滴跳開硬邦邦的金屬。某股自太平洋吹來的氣流。他會樂意將之收進語言。而他追隨的不盡然是模仿，儘管他肯定獻身於一種模仿的傳統。（於此，教養的概念出現了——它也許會被視為一種生態詩學、一種社交禮儀。）

但當他說「竹之事乃習於竹」，指的並非再現外在的世界。

第四個想到的是一種概念：「癡迷」有種特性，能將頗為狹窄的界線與無邊界結合起來。埃烏傑尼奧．蒙塔萊：*Per qualche anno ho dipinto solo ròccoli*[10]。*Ròccoli* 是一種抓鳥的陷阱。

呼呼作響的太平洋暴雨。抽打鞭子的爆裂聲，一名喜怒無常的王子。住在海岸邊的原住民，必然為各種風暴做了神話的命名，它們一定有各種故事！洪水氾濫的曼哈頓下城以及劃定邊界的需要。冷空氣中的一口白煙。

或許有很多做法能讓一段文字保持動態，某種不設限的連續性，並在那種意義下變得「無邊無際」，但它看來似乎，如它總是似乎，會以一種形式、一種競走告終：作者的自我陶醉對上讀者或聽眾的專注力。或，作者的勤勉對上讀者的耐心。仍是一種「無邊界」詩學（也就是說，他仍會「繼續」，不是嗎？）而假使作者樂在其中，有何不可？

我自己的罩門是對輕盈的欲望，彷彿嘴裡的一股金屬味的「必要性」，以及對形狀的謹守分寸。

我想起高爾基的故事，在雅爾達[11]，托爾斯泰用他的大手從後面抓住他的脖子，將他的頭轉向街上一名撿著破爛的老女人，當時他們正在咖啡廳這一頭與契訶夫用午餐。他們談論著寫作。而托爾斯泰，一把抓著他的頭說：「她，她。」

於是有了寫作也有了寫作的概念而世界充滿了雨水，都處都是悲慘與殘酷的角落，任何意義的責任對它而言都是一道邊界也是一道入口。

而時間也是一道邊界，舉例，電話剛剛響起。為了寫下它，我錯過了約會。

1 Lyn Hejinian（1941-），美國詩人。

2 Pierre Reverdy（1889-1960），法國詩人。

3 Mississippi John Hurt（1893-1966），美國藍調歌手、吉他手。

4 「Make Me a Pallet on the Floor」。

5 Lucinda Williams（1953-），美國搖滾、民謠、鄉村音樂歌手與作曲家。

6 全名為《特洛伊羅斯與克麗西達》。

7 Canton，瑞士聯邦的行政區劃分單位，共有二十六個州。

8 Charles Olson（1910-1970），美國詩人。

9 納博科夫曾解釋「Poshlust」一詞，「它不僅僅是明顯的蹩腳，更主要的是，錯誤地重要、錯誤地美麗、錯誤地美麗、錯誤地吸引人。」

10 義大利語，「這些年來我只畫抓鳥的陷阱。」

11 位於克里米亞半島南岸的一個城市。二〇一四年克里米亞危機後烏克蘭和俄羅斯均主張為自己領土。

注釋

- **〈在斯闊谷設想一個詩學論述：夜晚在山下散步後〉**：我希望表達得夠清楚，詩中米沃什所說的話出自我的手筆，不是他的。它們是我腦中的一套論述——我想該說是本詩的敘事者腦中——反映、壓縮了數年來的談話。米沃什常常談起德國佔領華沙那些年的危險與生存的偶然，他也提過曾經因為所穿的夾克而被攔下。他不曾和我說過，詩中所描述、那樣確切的故事。那屬於敘事者對其經驗的想像。同樣地，他提過他在巴黎和露妮亞．切可斯卡喝茶。細節則是敘事者的想像。
- **〈「多」的考古學〉**：詩題我借用了Anne Chang的句子（The Archaeology of Plenty）。
- **〈一個人應該〉**：我兒子列夫是個醫生，他工作的醫院到大學與到城市的貧窮社區差不多距離。他和我談過安撫老教授的經驗，多半是歐洲教授，來自各領域的權威，他們已經被簡化為醫師袍、嚇人的診斷，以及候診室，裡頭，一個個家庭使盡全力和疾病與死亡對抗。詩裡出現的女人是個混合的角色，根據兩個朋友的個別經驗塑造。

• 〈**在天堂抽菸**〉：「脫咖啡因時間」一詞，請查閱布蘭達·希爾曼的〈時間問題〉，《散裝糖》（*Loose Sugar*），維斯大學出版社（Wesleyan University Press），一九九七。

• 〈**給西塞爾**〉：C·S·吉斯康貝，《俄亥俄州鐵路》（*Ohio Railroads*），Omnitown，二〇一四。

• 〈**夏季鮮花的大花束，或想像力的寓言**〉：陳黎是個極具創造力的臺灣詩人，他非常好心地將我的部分詩作譯成中文。我發現，意識到自己可能被翻譯，會使你用截然不同的眼光看待自己的創作。

• 〈**自然筆記2**〉：「被天使們洗乾淨了」語出里查·威爾伯的詩作〈愛喚我們到這世界萬物面前〉（Love Calls Us to the Things of This World）。

• 〈**擬雪迪**〉：雪迪，《跨越邊界》（*Across Borders*），Allison Friedman 翻譯，

Green Integer，二〇一四。

- 〈**跳舞**〉：關於卡拉希尼柯夫的歷史，我獲益於 C. J. Chivers 在二〇一八年二月十五日刊登於紐約時報上的文章。
- 〈**首爾筆記本**〉：這場會議的紀錄能在《為和平而寫：二〇〇五年第二屆首爾國際文學論壇論文集》（*Writing forPeace: Proceedings of the 2nd Seoul International Forum for Literature 2005*）（金禹昌編輯，夏威夷大學出版社，二〇一一）找到。我沒有查閱那幾場座談付梓後的文字版本。我嘗試捕捉作為一名聽眾的經驗，而非忠實記錄會議過程。為了保護荷莉與她家人的隱私，我做了一些小小的虛構。
- 〈**西沃恩的一場演講**〉：詩中小說家艾倫．道格拉斯所說的話，取自我的筆記，那是她為學生做的一場寫作技術分享。我手中沒有她的講稿，無法確認是否字字正確，若其中有我沒有逐字記下的部分，希望我也有捕捉到那些話所欲表達的精神。

致謝

感謝首次發表以下詩作的出版品及其編輯：

〈八月的耶誕節〉，Saveur。

〈艾伯特潟湖：十月〉，Bay Nature。

〈給三十歲死者的輓歌〉，West Marin Reviw。

〈在斯闊谷設想一個詩學論述：夜晚在山下散步後〉，Literary Imagination。

〈第二人稱〉，Berkeley Poetry Review。

〈自然筆記2〉、〈謝拉的夏日風暴〉Zyzzyva。

〈第一首詩〉，Ploughshares。

〈四種永恆，或祖父的故事〉、〈三個建築之夢〉、〈七十三歲的夏日之夢〉、〈一個懸而未決的主題的三種論述〉，Jung Journal。

〈跳舞〉，首次發表於《子彈打進鳴鐘：詩人與市民對槍枝暴力的回應》（*Bullets into Bells: Poets and Citizens Respond to Gun Violence*），由 Brian Clements、Alexandra Teague 與 Dean Rader 編輯，Beacon Press，二〇一七。它也曾收錄於《美國詩歌評論》（*American Poetry Review*）與《西馬林評論》（*West Marin Review*），並再度收錄於《手推車獎 XLII：最好的小出版社》（*Pushcart Prize*

XLII: Best of the Small Presses），二〇一八。

〈特米尼車站的太陽眼鏡看板〉，發表於《羅馬的詩》（*Poems of Rome*），Karl Kirchwey 編輯，Everyman's Library，二〇一八。

〈搭配長笛與齊特琴伴奏〉，首次發表於《火和雨：加州的生態詩》（*Fire and Rain: Ecopoetry from California*），Lucille Lang Day 與 Ruth Nolan 編輯，Scarlet Tanager Books，二〇一八。〈艾伯特瀉湖：十月〉也再次收錄與此。

〈一個人應該〉、〈擬雪迪〉、〈辛白林〉、〈給西塞爾：《俄亥俄州鐵路》讀後〉、〈旅館房間〉、〈九歲的詩人〉，刊登於 Berlin Quarterly。

〈寫一首因紐特雕刻家頌時發生的合理離題〉、〈第六任頭目他的羊牠的嘔吐〉，〈筆記：一種無邊界詩學的概念〉、〈收穫：在他們的中年提早逝去〉，刊登於《Luna Turner》。

〈克里奇筆記本〉，刊登於《Kenyon Review》。

〈哀歌的季節，一首不是哀歌的詩〉與〈寂靜〉，刊登於《Catamaran》。

我幾乎要把累積詩集當做孤獨的志業。這次我有了充足的理由，向許多好朋友致謝，感謝他們的好眼光、認真的傾聽以及他們的友誼。深深感謝Norma Cole、Saskia Hamilton、Rob Kaufman、Jesse Nathan、Jack Shoemaker與Matthew Zapruder。我特別感謝John Shoptaw對稿件的細讀。也感謝，多年來，何其幸運我有她相伴左右，寫作因此不至太孤獨：感謝布蘭達·希爾曼與我分享人生以及她的想像力（那是「年歲不能凋萎，習慣不能腐壞」的）；感謝我的編輯與朋友Dan Halpern，沒有他的鼓勵，我很可能永遠無法把本書拼湊成形。

譯者致謝

《夏季雪》的出版遠比最初想像的漫長周折，一路上感謝廖宏霖、羅珊珊、蔡佩錦三位編輯的用心與接力。

第一次接下翻譯書籍的任務，滿身初生之犢的勇氣與迷惘，我很幸運地獲得兩件前輩的寶物，包含上路前葉佳怡貼心捎來的「教戰守則」，與上路後偶然讀到的余光中翻譯論集《翻譯乃大道，譯者獨憔悴》。前者幫助我對工作進行評估與規劃，後者將我隱於習慣的盲點照明。

完成初步的翻譯，我將成果寄給廖宏霖、Tony（游騰緯）與蔡琳森，邀請他們加入討論小組，針對譯稿給予建議與指正。因為哈斯的書名恰巧與芒果的品種同名，我們將兩次討論會暱稱為「夏雪品管暨產銷大會」，當時正值疫情三級警戒，社交活動中斷，人人孤立在各自的小行星，能和你們在線上相聚、做文字的偵探，是最幸福的事。

同時，我也要感謝遠在愛荷華的Jamie（陳巧陽），在顛倒的日夜裡為我解答種種疑惑。我很高興，我們在大學課堂的走廊討論文學的時光，有了特別的延伸。

進入修改階段，我成天在不同的版本間猶豫不決，和我共用一張餐桌工作的馬翊航，容忍我不時的哀聲嘆氣，與近乎視力測驗的拷問（「左邊比較清楚，還是右邊比較清楚？」），替我明快地做出判斷，在這裡我要給你一個大大的擁抱。

大師名作坊 188

夏季雪

Summer Snow:
New Poems

作者　羅伯特・哈斯（Robert Hass）
譯者　陳柏煜
主編　羅珊珊
責任編輯　蔡佩錦
校對　蔡佩錦　陳柏煜
內頁排版　朱疋
封面設計　朱疋
行銷企劃　趙鴻祐

總編輯　龔櫰甄
董事長　趙政岷
出版者　時報文化出版企業股份有限公司
108019 臺北市和平西路三段 240 號四樓
發行專線 02-2306-6842
讀者服務專線　0800-231-705・02-2304-7103
讀者服務傳真 02-2304-6858
郵撥　19344724 時報文化出版公司
信箱　10899 臺北華江橋郵局第 99 信箱
時報悅讀網　www.readingtimes.com.tw
思潮線臉書　https://www.facebook.com/trendage

法律顧問　理律法律事務所 陳長文律師、李念祖律師
印刷　勁達印刷有限公司

初版一刷 2022 年 4 月 1 日
定價 480 元

夏季雪 / 羅伯特・哈斯 (Robert Hass) 著 ; 陳柏煜譯 . -- 初版 . -- 臺北市 : 時報文化出版企業股份有限公司 , 2022.04
320 面 ;14.8 X 21 公分 . -- (大師名作坊 ; 188)
譯自 : Summer Snow: New Poems
ISBN 978-626-335-143-1(平裝)
874.51　　111003013